D1931810

Schneider Buch zum Träumen

SHEILA SCHWARTZ

Geh nicht, wenn es Herbst wird

Deutsche Erstausgabe

1

Es war Mitte August – die Apfelernte hatte gerade begonnen –, als der junge Tramper im Obstladen der Wrights auftauchte. Normalerweise hätten Kathys Eltern ihn wohl kaum so prompt eingestellt, aber während der Apfelernte war ihr Vater auf jede zusätzliche Arbeitskraft angewiesen. Denn außer den ersten reifen Äpfeln mußten noch Pfirsiche und Birnen gepflückt werden.

Kathy war gerade in dem kleinen Obstladen beschäftigt – sie füllte die Regale mit den hausgemachten Marmeladen, Gelees, kleinen Imbißhappen, dem eingelegten Gemüse, den Törtchen und dem Apfelmus ihrer Mutter auf –, als der Junge hereinkam. Er war ungefähr siebzehn Jahre alt, blaß und schäbig gekleidet. Sein blondes Haar war zu lang, seine blauen Augen blutunterlaufen. Er ging zu ihr hinüber und ließ seinen Rucksack sichtlich erschöpft mit einem dumpfen Geräusch auf den Boden fallen und setzte sich müde daneben.

„He, du", begrüßte er sie, „auf eurem Schild steht: ‚Apfelsaft gratis zum Probieren'. Kannst du mir welchen holen? Ich bin nämlich ganz erledigt."

Diese Aufforderung gab Kathy den Rest in ihrem ohnehin schon vermiesten Sommer. Die ganzen Ferien über konnte sie nicht mit ihrem Freund zusammensein, der an der Tankstelle seiner Eltern aushelfen mußte, und alle ihre Freunde hatten an Kursen teilgenommen, Picknicks gemacht und sich an ihrem Lieblingssee in der Sonne geaalt. Kathy dagegen nicht. Tagaus, tagein mußte sie in diesem langweiligen Laden stehen. „Mußte" war zwar vielleicht nicht ganz richtig, aber sie hatte gar keine andere Wahl. In früheren Jahren hatte ihr Vater immer jemanden gefunden, der den ganzen Tag im Laden arbeitete, und

Kathy half nur an den Wochenenden. Aber diesen Sommer hatte es nicht geklappt. Der Hagel hatte in den Apfelplantagen so viel Schaden angerichtet, daß die Wrights mit dem Erlös aus der Ernte nur mühsam durch den Winter gekommen waren. So war kein Geld übrig, um einen Verkäufer für den Obstladen zu bezahlen, und es war gar keine Frage, daß Kathy den ganzen Sommer über den Laden übernehmen würde. Ihre Familie hatte immer zusammengehalten, und sie zeigte ihren Eltern, daß sie sie liebte und schätzte, indem sie ihnen so viel wie möglich zur Hand ging. Es wäre ihr nie in den Sinn gekommen, während eines Engpasses nicht auszuhelfen. Jedesmal, wenn die Ernte schlecht war – und das war öfter der Fall, als sie sich selbst eingestehen wollte –, mußten alle mit anpacken.
Sie akzeptierte daher, daß sie während ihrer kostbaren Sommerferien arbeiten mußte, aber begeistert war sie davon ganz bestimmt nicht. Sie fühlte sich eingesperrt und niemals so richtig frei. Deshalb war sie besonders verärgert, als dieser Tramper, der ganz offensichtlich nichts mit Obstläden oder etwas Ähnlichem zu tun hatte, einfach so hereinplatzte und von ihr erwartete, daß sie ihn bediente. Er hatte noch nicht einmal „bitte" gesagt, und obendrein gefiel ihr sein Ton nicht.
Er hatte den Kopf an seinen Rucksack gelehnt, zündete sich eine Zigarette an und saß faul da. Mr. Wright verabscheute das Rauchen nicht nur aus gesundheitlichen Gründen, sondern auch aus Angst vor einem Brand. Dies war eine der wenigen Vorschriften, die er seinen Arbeitern in den Plantagen und Gebäuden machte: „Rauchen verboten."
„He", rief der Junge noch einmal zu ihr hinüber, „hast du mich nicht gehört? Ich habe Apfelsaft bestellt. Ist dies hier ein Geschäft oder nicht?"
„Es ist bestimmt kein Geschäft, in dem kostenlos Apfelsaft ausgeschenkt wird", erwiderte sie kühl. „Du kannst ihn dir selbst holen. Siehst du die Karaffe da drüben? Bediene dich selbst. Und achte auf das Schild, das daneben steht. Wenn man

nichts kauft, gibt es nur ein Glas umsonst, steht darauf. Willst du etwas kaufen?"
„Etwas kaufen?" fragte er lachend. „Das soll wohl ein Witz sein!"
„Wir haben die beste Ware im ganzen Tal", sagte sie entrüstet. „Ich bin sicher, daß es etwas gibt, was du kaufen willst." Es war unglaublich, daß Leute hereinkamen, von ihrem ganz besonders guten Apfelsaft tranken und dann wieder weggingen, ohne etwas zu kaufen. Zum Glück kam das nicht oft vor.
„Spinnst du?" fragte er. „Kannst du denn nicht sehen, daß ich pleite bin? Ich habe schon seit Tagen nichts Ordentliches mehr gegessen."
Er stand gelangweilt auf und ging zu der Karaffe hinüber. Ohne sich um ihre Ermahnung zu kümmern, füllte er drei Gläser mit Apfelsaft und schüttete eins nach dem anderen schnell hinunter. Sie hatte ihre Arbeit unterbrochen und sah verärgert zu, wie er trank. Wäre er nicht so unfreundlich gewesen, hätte sie vielleicht sogar Mitleid mit ihm gehabt. Sein blondes Haar war zerzaust und zu lang; seine blauen Augen waren vor Müdigkeit gerötet; seine Hände waren schmutzig und seine Fingernägel abgekaut und ungepflegt. Seine Jeans hatten Löcher, an seinen Turnschuhen waren die Schnürsenkel zerrissen, und sein T-Shirt war schmutzig und verschlissen. Sein magerer Körper ließ ihn noch abstoßender erscheinen.
Nachdem er ausgetrunken hatte, hockte er sich wieder auf den Boden. Widerstrebend und doch mitfühlend nahm sie einen Augustapfel aus einer großen Steige und reichte ihn ihm. Er nickte dankend und biß sofort hinein. Dann lehnte er sich wieder zurück und sah ihr zu, wie sie Erdnußbutter machte. Er betrachtete ihre schlanke, kräftige Figur, die in Jeans und Rollkragenpulli steckte, und ihr aufgewecktes Gesicht. Die ernsten braunen Augen spiegelten ihre Charakterstärke und ihren gesunden Menschenverstand wider, während die Stupsnase eher auf ein verspieltes Wesen und den Wunsch, dem

ewigen Arbeiten zu entrinnen, hindeutete. Durch ihre reine, weiße Haut und den rotbraunen Pferdeschwanz wurde dieses hübsche Bild noch vervollkommnet.
„Gar nicht schlecht", sagte er grinsend, als er seine Betrachtung beendet hatte. „Wirklich gar nicht schlecht für ein Mädchen vom Lande."
Er tat sehr herablassend. „Hast du vielleicht erwartet, daß die Menschen auf dem Land wie Kühe oder Schweine aussehen?" fragte sie.
„Ich habe jedenfalls bestimmt nicht erwartet, daß sie wie kleine Schönheiten aussehen", erwiderte er ruhig. Sie wurde rot. Keiner der Jungen, die sie aus der Schule kannte – und ihr Freund Chuck schon gar nicht – hätte so etwas sagen können, ohne vor Verlegenheit leichenblaß zu werden. Da sie nun selbst verlegen war, mied sie seinen Blick. Niemand hatte sie je eine kleine Schönheit genannt. Sie wandte sich wieder ihrer Arbeit zu.
„He", rief er zu ihr hinüber, „wie heißt du eigentlich?"
„Kathy", antwortete sie kurz.
„Chris", stellte er sich vor. „Grüß dich. Warum setzt du dich denn nicht, Kathy, und unterhältst dich ein bißchen mit mir. Niemand sieht es."
„Es ist egal, ob es jemand sieht oder nicht. Ich muß meine Arbeit fertigmachen."
„Was für ein Arbeitseifer. Was geben sie dir für die Stunde, Kathy?" fragte er.
„Leider", sagte sie trocken, „bezahlen sie mich gar nicht. Sie – das bin ich nämlich selbst. Diese Plantagen und der Obstladen gehören meinen Eltern. Man könnte sagen, daß ich für mein täglich Brot arbeite."
„Dumme Geschichte." Er gähnte. „Du mußt ganz schön beschränkt sein. Für meine Mutter würde ich noch nicht einmal über die Straße gehen, wenn sie mir nicht vorher Geld dafür gäbe. Wie dumm von dir! Na ja, jedenfalls kannst du so viele

Äpfel essen und soviel Apfelsaft trinken, wie du willst."
„Das stimmt", sagte sie kurz. „Ich arbeite wenigstens für mein Essen und trinke nicht den kostenlosen Apfelsaft anderer Leute."
„Oje", stöhnte er mit gespieltem Schuldbewußtsein. „Ich würde dir einen Scheck geben, aber ich habe leider mein Scheckheft nicht dabei. Soll ich dir einen Schuldschein ausstellen?"
„Ehrlich gesagt", antwortete sie brüsk, „wäre es mir am liebsten, wenn du mich allein ließest und ich weiterarbeiten könnte."
„Ich helfe dir", bot er an. „Ich habe sonst nichts zu tun und muß auch nirgendwo hin."
„Nein, danke", lehnte sie ab.
„Warum denn nicht? Ich werde diese drei ungeheuer teuren Gläser Apfelsaft abarbeiten."
„Du wirst Fehler machen", erwiderte sie überheblich, „und ich habe keine Zeit, dich anzuleiten."
„Na komm schon, mein Schatz", sagte er in seiner unverschämten Art, „was für eine besondere Ausbildung braucht man denn, um Marmeladengläser ins Regal zu stellen?"
Sie beachtete ihn nicht, und er lag, lässig wie ein alter Hund, auf dem Boden, während sie unkonzentriert und mit gerötetem Gesicht weiterarbeitete. Sie wurde verlegen, als sie merkte, daß er sie ansah, und ärgerte sich darüber, daß er sie zwang, seine Anwesenheit wahrzunehmen. Plötzlich fiel ein Glas mit zwei Pfund eingemachten Trauben auf den Boden, und der ganze Fußboden war mit süßer Marmelade und Glasscherben verschmiert.
„Da hast du es", stieß sie hervor. „Alles nur deinetwegen!"
„Na komm schon, Kathy. Wir wollen ein Geschäft machen. Ich helfe dir das aufzuwischen, und dann arbeiten wir bis heute abend zusammen, und du lädst mich zum Abendessen ein und gibst mir noch ein paar Dollar dazu. Ich kann dir versichern, daß

du mit mir zufrieden sein wirst. Ja, du wirst mich sogar bitten, noch länger zu bleiben."

„Das kann ich nicht allein entscheiden. Da muß ich erst meine Mutter oder meinen Vater fragen."

„Aber natürlich", spottete er, „da du ja ein liebes kleines Mädchen bist. Ich werde deinen Vater oder deine Mutter fragen. Wo ist das Telefon?"

„Wir haben hier keinen Anschluß", erklärte sie ihm. „Meine Mutter ist da hinten, im Haus." Sie wies auf ihr hundert Jahre altes weißes Holzhaus. Die Vorstellung, daß das alte Haus Feuer fangen könnte, beunruhigte ihre Mutter sehr.

„Hör zu", versuchte sie ihn von seinem Vorhaben abzuhalten, „ich möchte dich nicht kränken, aber es besteht nicht die geringste Chance für dich, daß meine Mutter dich einstellen wird. Du siehst nicht besonders kräftig aus. Und mein Vater besteht immer darauf, daß Leute, die im Laden arbeiten, besonders sauber aussehen."

„Laß dich nicht täuschen durch das, was du gerade vor Augen hast", sagte er mit einer kleinen Verbeugung. „Der menschliche Körper braucht tägliche Pflege. So hübsch wie du auch bist, würdest du doch ein ganz schön trauriges Bild abgeben, wenn du eine Woche lang unterwegs wärst, ohne ordentlich zu essen und dich waschen zu können. Aber ich sage dir, ich bin Spitze, wenn ich erst einmal wieder sauber bin."

„Ich habe dich jedenfalls gewarnt", entgegnete sie.

„Na mach schon." Er lächelte sie schmeichelnd an. „Was hast du schon zu verlieren? Du kannst doch keinen Verhungernden abweisen? Lauf schnell zu euerem Haus hinüber und frage deine Mutter. Ich passe inzwischen hier auf." Er merkte, daß sie zögerte.

„Warum überlegst du noch?" fragte er. „Ich bin durch und durch ehrlich. Du kannst mich hier ruhig allein lassen. Ich passe gut auf deinen netten kleinen Laden auf. Du wirst doch nicht annehmen, daß ich mich mit einer Steige Äpfel davonmache, literweise Apfelsaft trinke oder mich an dem Apfelmus vergreife?"

„Ich kann nicht weggehen", sagte sie mit fester Stimme.

„O du meine Güte", jammerte er. „Ich verhungere fast, und du überlegst immer noch. Wenn ich vor deinen Füßen tot umfiele, würde es dir vielleicht doch leid tun. Hör zu, Kathy, wenn du dir wegen der Kasse Sorgen machst, dann kannst du sie ja abschließen."

„Ich darf den Laden nicht verlassen", entschuldigte sie sich. Er hatte sie mit seinem Scharfsinn ganz schön in Verlegenheit gebracht.

„Und ich werde ihn auch nicht verlassen, nur weil irgend jemand hereinkommt und es von mir verlangt. Wenn du dich um eine Stelle bewerben willst, gehst du am besten selbst hin und fragst meine Mutter. Wenn sie sagt, daß du heute hier arbeiten und mit uns zu Abend essen kannst, werde ich mich danach richten. Aber ich würde mir an deiner Stelle nicht allzu große Hoffnungen machen."

„Da mach dir mal keine Sorgen." Er lachte. „Mit älteren Damen kann ich prima umgehen. Durch das Zusammenleben mit meiner Mutter bin ich ein Meister darin geworden."

„Ich mache mir überhaupt keine Sorgen", erwiderte sie. Sie fand ihn unhöflich und verletzend. „Und meine Mutter ist keine ältere Dame, die von dir entzückt sein könnte. Sie ist der vernünftigste Mensch, den ich kenne, und sie verabscheut unhöfliches und überhebliches Verhalten ebenso wie ich. Ich schätze, daß sie dir ein Stück Apfelkuchen anbieten und dich dann wegschicken wird. Also, auf Wiedersehen, mach's gut, es war nett, dich kennenzulernen, und ich glaube kaum, daß wir uns noch mal wiedersehen werden."

„Da irrst du dich", sagte er lachend, „ich lasse nämlich meinen Rucksack hier. Ich nehme an, daß ich dir trauen kann."

„Sehr komisch", fauchte sie.

„Ich wette, daß sie ganz begeistert von mir sein wird", feixte er.

„Bin gleich zurück und gehe an die Arbeit." Sie sah ihm verwirrt nach, als er leichtfüßig wie ein junger Gott zum Haus hinüberlief. Er war schon ein komischer Vogel, ganz anders als die Jungen hier in der Gegend. Er hatte eine andere Art zu denken. Für einen Jungen aus dieser Gegend wäre es unmöglich gewesen, auch nur mit dem Gedanken zu spielen, sich bei einer älteren Frau einzuschmeicheln. Und noch etwas war ungewöhnlich an ihm: seine Aussprache. Vielleicht kam er aus Neuengland. Er nuschelte beim Sprechen, und seine Ausdrucksweise war zugleich lässig und frech, als ob er sich ständig über sie lustig machen wollte. Anders als die Menschen, die im Staat New York lebten, zog er die Worte beim Sprechen lang, und vor allem klangen seine ‚a' so fremd. Wegen dieser merkwürdigen Aussprache würde er sicherlich erbarmungslos gehänselt werden, wenn er hier in Huguenot in die Schule ginge.

Sie hatte es nicht übers Herz gebracht, ihn von vorneherein wegzuschicken. Nun aber war sie erleichtert, da sie wußte, daß ihre Mutter die Sache schon regeln würde. Ihre Mutter war nicht nur sehr nett, sie war auch ein guter Menschenkenner. Diese außergewöhnliche Menschenkenntnis war nicht auf ihre Erziehung zurückzuführen, sondern auf ihr warmes Herz. Mary Wright hatte ein besonderes Einfühlungsvermögen und konnte eine Person vom ersten Augenblick an richtig einschätzen. Sie würde niemals einen Fremden einstellen, der ihnen vielleicht Unheil bringen könnte.

Seit der Polizeichef, ein Freund der Familie, sie auf das Alter und den Zustand des Hauses aufmerksam gemacht und mit sorgenvollem Gesicht von leicht entzündbarem Material gesprochen hatte, waren sie Fremden gegenüber sehr skeptisch geworden. „Wenn es jemals brennen sollte", hatte er sie gewarnt, „müßt ihr das Haus sofort verlassen. Es könnte jeden Augenblick einstürzen. Jede Sekunde ist dann kostbar."

Eines Tages, sie hatten gerade einen Freund zu Besuch, kam eine ganze Horde von Teenagern angefahren. Sie gingen den

Weg hinauf zu den Plantagen und fuhren wieder ab, nachdem sie einen Apfelbaum völlig geplündert hatten.
„Willst du sie nicht aufhalten oder die Polizei rufen?“ fragte der Freund ihren Vater.
Aber Jack Wright war genauso vorsichtig wie seine Frau.
„Wenn ich das täte“, fürchtete er, „würden sie das nächste Mal vielleicht wiederkommen und das Haus oder die Plantagen anzünden. Für mich sind die gestohlenen Äpfel sozusagen eine Feuerversicherung.“
Kathy dachte zwar nicht daran, daß Chris ihr Haus in Brand setzen könnte, aber irgendwie war er ihr unheimlich. Sie versuchte, nicht mehr an ihn zu denken, und machte sich wieder daran, die Regale aufzufüllen. Eine halbe Stunde verging, ehe er zusammen mit ihrer Mutter zurückkam. Sie unterhielten sich beide angeregt und lachten.
„Deine Mutter hat mir Kekse und Milch angeboten“, berichtete Chris, „und sie hat mich zum Abendessen eingeladen. Ich habe dir doch gesagt, daß ich ihr gefallen werde. Und sie gefällt mir.“
Du Schwindler, dachte Kathy. Anscheinend hatte er es geschafft, ihre Mutter für sich zu gewinnen. Ihr Vater würde nicht so leicht zu überzeugen sein. Dessen war sie sicher. Aber er war nicht da. Er war zu einer Sitzung der Apfelzüchter gegangen, um über eine Verordnung des Amtes für Umweltschutz zu diskutieren. Das AUS, wie die Farmer dieses Amt nannten, hatte kürzlich die Verwendung des Pflanzenschutzmittels Endrin verboten, und die Vereinigung der Obstanbauer im Nordosten der USA hatte in Albany dagegen protestiert.
„Wo ist Mr. Wright?“ fragte Chris. „Ich möchte ihn gern kennenlernen.“ Ohne zu zögern, erzählte Mrs. Wright ihm von dem Problem, und zu Kathys Überraschung schien Chris wirklich interessiert. Oder vielleicht, dachte sie, tut er nur so, um sich bei ihr einzuschmeicheln.
„Wäre das denn so schlimm, wenn sie dieses Endrin verbieten würden?“ fragte er. „Gibt es nicht genug andere Pflanzen-

schutzmittel, vielleicht sogar bessere? Ich persönlich bin gegen jede Art von Pflanzenschutzmittel. Ich kann mir nicht vorstellen, daß sie wirklich notwendig sind."

Kathy sah ihn voller Entrüstung an. Wie oft hatte sie dieses Argument schon von Kindern gehört, deren Familien nichts mit Landwirtschaft zu tun hatten. Sie verstanden das einfach nicht. Noch schlimmer war es, wenn Kunden in den Laden kamen, von der guten Qualität der Äpfel ganz begeistert waren und sich dann über die Schädlichkeit von Pflanzenschutzmitteln ausließen. Sie waren sich aber nicht im geringsten darüber im klaren, daß sie wohl kaum so einwandfreies Obst essen könnten, wenn es diese Mittel nicht gäbe.

„Ehrlich gesagt", wandte sie sich an Chris, „macht es mich ganz krank, wenn ich Leute über etwas sprechen höre, von dem sie nichts verstehen. Du hast zu mir gesagt, ich wäre ein Mädchen vom Lande. Du bist ganz offensichtlich ein Stadtjunge. Was wissen die Leute aus der Stadt schon über Pflanzenschutzmittel oder Landwirtschaft? Sie brauchen doch nur in einen Obstladen zu gehen und ihr Geld auf die Theke zu legen. Eins ist jedenfalls sicher: Für Obst, das nicht einwandfrei aussieht, werden sie keinen Pfennig bezahlen!"

Mrs. Wright unterbrach sie sanft und sagte erklärend: „Endrin ist, soweit wir wissen, das einzig wirksame Mittel gegen Wühlmäuse."

„Was sind das für Tiere?" wollte Chris wissen.

„Kleine Nagetiere", sagte sie und mußte sich unwillkürlich schütteln. „Sie sind ungefähr drei Zentimeter lang und graben sich rund um die Wurzeln eines Apfelbaumes eine Höhle. Im Winter, wenn sie sonst nichts mehr zu fressen haben, nagen sie die Rinde von den Wurzeln und von dem Baumstamm ab und richten damit nicht wiedergutzumachenden Schaden an."

„Ich verstehe, daß das sehr schlimm ist", gab Chris zu. „Aber warum untersagt das Amt für Umweltschutz die Verwendung von Endrin, wenn es das einzige Mittel ist, das hilft?"

„Man sagt, Endrin sei sehr giftig", erklärte Mrs. Wright, „und stelle eine Bedrohung für jedermann dar. Für Tiere, Menschen und für die Umwelt. In Virginia, wo es lange Zeit eingesetzt wurde, gibt es inzwischen Schädlinge, die gegen Endrin immun geworden sind. Aber in dieser Gegend durften die Apfelzüchter es im Jahre 1977 einmal benutzen, und soweit man weiß, hatte es überhaupt keine Nachwirkungen."
„Was werden sie tun, wenn das Verbot bestehen bleibt?" fragte er.
„Beten, denke ich", sagte sie scherzhaft. „Jetzt ist es Zeit, an die Arbeit zu gehen. Kathy wird dir zeigen, wie die Äpfel und die Birnen verpackt werden. Du mußt ihr nur zuschauen, Chris. Sie wird dir zeigen, welches Obst in welche Steige kommt, wieviel Stück hineinkommen, wie die Steigen verschlossen und wo sie gestapelt werden. Wenn sie dich eine Zeitlang nicht braucht, kannst du den Männern im Hinterraum helfen. Wir haben im Sommer bis sieben Uhr geöffnet. Wenn du Hunger hast, nimm dir ruhig etwas von dem Obst."
„Ach, Chris", fügte sie noch taktvoll hinzu, „willst du vor dem Abendessen vielleicht noch duschen?"
„Sehr gern", sagte er eifrig.
„Gut. Kathy wird dir unsere kleine Wohnung über der Garage zeigen. In den letzten Jahren hat unser Vorarbeiter sie während der Sommermonate bewohnt, aber zur Zeit steht sie leer. Und noch etwas. Ich habe gesehen, daß du rauchst. Bitte rauch dort oben nicht. Hier gibt es überall genug Zündstoff, um einen Großbrand zu entfachen."
„Ich werde daran denken", versicherte er. „Sie brauchen sich keine Sorgen zu machen."
„Bis später, Kinder. Ich muß zurück zu meinem Kuchenteig."
„Was für eine nette Frau", wandte sich Chris an Kathy, als ihre Mutter gegangen war. „Du kannst dich wirklich glücklich schätzen."
„Danke sehr", zischte Kathy. „Laß uns jetzt arbeiten."

„Zu Befehl", sagte er mit spöttischer Miene.
Warum legte er es denn geradezu darauf an, sie zu ärgern? Dabei schien er eigentlich nicht bösartig zu sein. Na ja, vielleicht hatte er einfach eine seltsame Art von Humor. Zielstrebig begann sie, ihn anzulernen. Als erstes nahm sie ihn mit in den Hinterraum des Ladens, wo die Männer arbeiteten.
„Die Äpfel kommen hier die Rutsche hinunter", erklärte sie, „und du sortierst sie und legst sie je nach Größe in Kartons und Steigen." Dann zeigte sie ihm die drei unterschiedlichen Größen. „Ich schlage vor, daß du als erstes hier einige Kartons machst. Du brauchst sie nur einmal zusammenzufalten und sie dann mit diesem Gerät zusammenzuheften. Dabei mußt du den Boden ständig fegen, weil von den Äpfeln Blätter abfallen." Sie zeigte ihm, wo die Besen standen.
„Wenn du 25 Kartons fertig hast, kannst du sie auf einer Palette stapeln. Ich werde unterdessen an den Steigen weiterarbeiten und mich um die Kunden kümmern."
Sie ging wieder nach vorne, um Kunden, die von Zeit zu Zeit in den Laden kamen, zu bedienen, aber wenn sie gerade nichts zu tun hatte, äugte sie nach hinten, um ihn zu beobachten. Zu ihrer Überraschung arbeitete er konstant und fleißig, bis es Zeit war, die schweren Holztüren zuzuziehen, das Vorhängeschloß anzubringen und das Licht für die Nacht einzuschalten. Die Arbeiter verließen den Laden durch die Hintertür und verschlossen sie. Dann machte sie Chris ein Zeichen, und er folgte ihr zur Garage. Sie schloß die Tür zur Treppe auf, und sie gingen zusammen hinauf. Oben zeigte sie ihm die Dusche und die frischen Handtücher.
„Komm zum Haus hinauf, sobald du fertig bist", sagte Kathy. „Es wird schon spät genug sein, wenn wir mit dem Essen fertig sind und das Geschirr abwaschen können. Bei all der Arbeit, die ich sowieso schon habe, bin ich in dieser Woche auch noch mit dem Abwaschen an der Reihe."
„Habt ihr denn keine Geschirrspülmaschine?" fragte er. Sie

schüttelte den Kopf. „Nein."
„Ihr seid die erste Familie, die ich kenne, die keine Geschirrspülmaschine hat", sagte er. „Warum habt ihr denn keine?"
„Ach du meine Güte", antwortete Kathy, „du tust so, als ob alle geradezu in Geld schwimmen würden."
„Meine Mutter könnte ohne Geschirrspülmaschine gar nicht leben", erklärte er ihr.
„Offensichtlich kümmert sie sich mehr um ihr Geschirr als um dich", erwiderte sie und fühlte sich ihm im Augenblick doch unterlegen, weil sie keine besaßen.
Chris war durch ihre Antwort nicht verletzt. „Da hast du ganz recht." Er lachte trocken. „Um viele Dinge kümmert sie sich mehr als um mich."
Er war schon ein seltsamer Mensch, dachte sie. Manches, was er sagte, kam so unerwartet. Und auch seine Art zu denken unterschied sich von der ihren.
„Versuch dich zu beeilen", drängte sie.
Ihr Vater war schon zu Hause, und Kathy lief auf ihn zu, umarmte ihn und gab ihm einen Kuß. „Was gibt es Neues?" fragte sie. Sie konnte die Antwort aber schon von seinem Gesicht ablesen.
„Sie wollen einfach nicht auf uns hören", beklagte er sich. Seine Niedergeschlagenheit machte ihn viel älter als die 40 Jahre, die er wirklich war. „Sie scheinen einfach nicht zu begreifen, daß kein Farmer, der nicht völlig verrückt ist, sein Land, das mit einem Wert von 2000 bis 3000 Dollar pro Morgen seine einzige Lebensgrundlage darstellt, verkommen läßt. Die Technik ist für die Umweltverschmutzung verantwortlich und nicht wir. Aber die Farmer sind ins Kreuzfeuer der Kritik geraten, und das ist nicht fair. Über viele Dinge wird negativ berichtet, angefangen bei den Saisonarbeitern über bestimmte Chemikalien bis hin zu gespritztem Obst. Aber ich verstehe nicht, daß man gerade uns in Zeitungsartikeln immer wieder angreift. Und gerade diejenigen, die diese Artikel verfassen, bestehen beim Einkaufen

darauf, nur einwandfreies Obst zu bekommen, ohne auch nur den geringsten Zusammenhang zwischen Ursache und Wirkung zu sehen. Es ist so entmutigend. Ich habe manchmal Lust, alles hinzuwerfen und irgendwo im Süden ein Motel zu kaufen."

„Das meinst du doch nicht ernst", unterbrach ihn Mrs. Wright. Jedesmal, wenn sich die Schwierigkeiten häuften, hörte sie diese Drohungen. „Du weißt doch, daß du dieses Land liebst. In den letzten 200 Jahren haben hier Apfelzüchter ihr Auskommen gefunden. Und wenn unsere Vorfahren mit all den Schwierigkeiten fertig geworden sind, so werden wir das auch."

„Ich weiß nicht", sagte er düster. „Die Zeiten haben sich geändert. Die Menschen waren früher nicht so anspruchsvoll. Aber heutzutage wollen alle nur noch das Beste vom Besten. Man verlangt Äpfel, die zu 95 Prozent rotbackig und makellos sind, und wir müssen, um davon leben zu können, pro Morgen Land eintausend Apfelbäume züchten." So durcheinander und mutlos hatte Kathy ihn noch nie gesehen.

„Die sollen doch alle zum Teufel gehen", platzte Kathys dreizehnjähriger Bruder Stephan herein. „Wir werden das Endrin einfach weiterbenutzen und keinem etwas davon sagen. Du und ich, Papa, wir können das doch machen, und keiner wird es merken."

„Man wird es ganz bestimmt merken", antwortete Mr. Wright. „Aber selbst wenn ich es weiterverwenden wollte – was nicht der Fall ist –, wäre das jetzt nicht mehr möglich. Man hat das Endrin beschlagnahmt. Im ganzen Staat New York gibt es keins mehr zu kaufen. Außerdem mache ich mir, ehrlich gesagt, doch Gedanken darüber, daß sie vielleicht recht haben könnten und das Mittel wirklich schädlich ist. Wie würden wir dann dastehen? Einige Umweltspezialisten haben heute auf der Sitzung bestätigt, daß es Vergiftungen bei Kaninchen und bei Wild hervorruft."

„Ich wünschte, man wäre diese Kaninchen alle los", ereiferte

sich Stephan. „Habt ihr nicht gesehen, wie sie unseren Gemüsegarten zugerichtet haben! Und Rehe und Hirsche gibt es sowieso viel zu viele. Sie haben doch nur Angst, daß die Herden kleiner werden und wir ihnen die Jagd verderben. Das finde ich nicht richtig."
„Die Heuchler", fügte Kathy hinzu.
„Wir können nichts daran ändern", seufzte ihr Vater. „Es wurde inzwischen so viel Negatives darüber verbreitet, daß der Absatz zurückgehen würde, wenn die Leute herausfänden, daß wir Endrin gespritzt haben."
„Das Essen ist fertig", rief Mrs. Wright. Sie kam ins Wohnzimmer und legte ihre Hand sanft auf Mr. Wrights Schulter. „Ich schlage vor, daß wir dieses Thema jetzt fallenlassen, sonst vergeht uns allen noch der Appetit."
In diesem Augenblick öffnete sich die Tür, und Chris trat ein. Kathy bemerkte, daß er sich gewaschen hatte, ein etwas saubereres T-Shirt anhatte und daß er schon wesentlich besser aussah als vorher.
„Wer sind Sie denn?" fragte Mr. Wright kühl. In seiner jetzigen Stimmung war er nicht bereit, sich mit irgendeinem neuen Problem zu befassen.
„Chris Landers, zu Ihren Diensten", antwortete Chris in seiner lässigen Art, die Kathy so auf die Nerven ging.
„Haben Sie schon mal etwas davon gehört, daß man anklopft, bevor man ein fremdes Zimmer betritt?" Mr. Wright schnappte nach Luft. „Wir sind gerade beim Abendessen. Was wollen Sie hier?"
„Er ist unser Gast", beschwichtigte ihn Mrs. Wright, die eilig ins Zimmer gekommen war. „Ich habe ihn zum Abendessen eingeladen. Er hat Kathy heute im Laden viel geholfen." Wie immer konnte Mrs. Wright die Sache wieder ins Lot bringen. „Nichts für ungut, junger Mann", entschuldigte sich Mr. Wright, „bin seit heute morgen um fünf Uhr auf und ganz erschöpft. Als ich Sie sah, merkte ich, daß ich mich nicht mehr auf irgendwelche

neuen Probleme einlassen kann. Freut mich, daß Sie kein Problem sind. Und jetzt wollen wir essen!«
Sie gingen ins Speisezimmer hinüber, und Mrs. Wright wies Chris den Platz neben Stephan zu. Stephan begann sofort lebhaft zu plaudern, und es gefiel Kathy, daß Chris ihm aufmerksam zuhörte, als ob das, was er erzählte, wirklich sehr wichtig sei. Alle senkten nun den Kopf, um das Tischgebet zu sprechen, und aus dem Augenwinkel konnte Kathy sehen, daß Chris sich eine Zigarette anzündete, nachlässig daran zog und wartete, bis das Gebet beendet war. Mr. Wright blickte auf und sah ihn wütend an.
„Junger Mann, eine meiner wichtigsten Regeln hier lautet: Rauchen verboten. Das bedeutet, keine einzige Zigarette, solange Sie hier sind. Ist das klar? Wenn Sie während des Abendessens nicht ohne Zigarette auskommen können, so tut mir das leid für Sie, aber dann müssen Sie aus dem Haus und auf die Straße gehen und dort rauchen. Aber selbst wenn ich das Rauchen normalerweise dulden würde, so doch nicht während des Tischgebets. Und ich erwarte von den Besuchern dieses Hauses, daß sie sich nach diesen Regeln richten."
„Tut mir leid", sagte Chris. „Ich konnte nicht ahnen, daß es für Sie von Bedeutung ist, ob ich das Gebet mitspreche oder nicht. Ich nahm eigentlich an, daß das eine persönliche Gewissensfrage sei."
„Nicht in meinem Hause", antwortete Mr. Wright. „Was machen Sie denn bei sich daheim während des Gebets?"
Chris lachte kurz auf. „Bei mir zu Hause", sagte er, „wurde seit meiner Geburt nicht ein einziges Mal mehr gebetet, und ich bin sicher, daß es damals auch das erste Mal überhaupt war. Für meine Mutter ist Beten etwas völlig Absurdes. Bestimmt würde sie gar nicht glauben, daß es Leute gibt, die vor dem Essen noch ein Gebet sprechen. Ich meine, sie würde sicherlich ebenso erstaunt darüber sein, daß Sie beten, wie Sie darüber staunen, daß meine Mutter es nicht tut."

Alle waren sprachlos. Um die Spannung zu lösen, begann Mrs. Wright ihre gute Gemüsesuppe aus der großen weißen Terrine, die schon ihre Mutter und Großmutter benutzt hatten, zu schöpfen. Chris betrachtete das Essen auf dem schweren, alten, runden Eichentisch, als ob er ein schönes Bild bewunderte. In der Mitte lag ein noch dampfender Laib von Mrs. Wrights selbstgebackenem Roggenbrot mit Dill. Sie hatte schon einige Scheiben davon abgeschnitten, die nun verlockend daneben lagen. In einer funkelnden Glasschüssel gab es einen großen Salat aus Spinatblättern mit kleinen, runden, dunkelroten Tomaten und weißen, in Scheiben geschnittenen Pilzen. Die Familie begann zu essen, und die fröhliche Stimmung war bald wiederhergestellt, als Chris Mrs. Wrights Kochkünste lobte: „Wirklich die beste Suppe, die ich je gegessen habe", schwärmte er. Er ließ sich das reichliche, frische Gemüse, die großen Fleischstücke und Mrs. Wrights besondere, geheime Gewürzmischung in der Suppe schmecken.
Aber Mr. Wright wollte das Thema nicht so schnell fallenlassen. „Ist es wirklich wahr", fragte er, „daß bei Ihnen zu Haus niemals ein Tischgebet gesprochen wird?"
Chris nickte. „Wie ich schon sagte, ist meine Mutter der Meinung, daß so etwas altmodisch und überholt ist. Abgesehen davon, sitzen wir nie wie eine richtige Familie beim Essen zusammen. Fast während meiner ganzen Kindheit leisteten mir Hausmädchen oder der Fernsehapparat bei den Mahlzeiten Gesellschaft."
Kathy hörte ihm mißtrauisch zu. Nicht, daß sie ihm nicht geglaubt hätte. Aber er erzählte das alles so unbeschwert, als ob es ihn nicht im geringsten stören würde, daß er allein vor dem Fernseher hatte essen müssen. Vielleicht war aber auch alles nur Schein, ein geschickter Versuch, seine Traurigkeit oder Einsamkeit zu verbergen. Ihre Mutter hatte ihr jedenfalls immer geraten, nicht voreilig zu urteilen.
„Kocht denn deine Mutter für dich?" fragte Mrs. Wright, die

gern mehr über eine Frau erfahren wollte, die ganz anders war als sie selbst.
„Aber woher denn!" lachte Chris. „Sie kann noch nicht einmal Frühstück machen. Abgesehen davon, steht sie sowieso erst nachmittags auf."
Ihre Eltern und Stephan betrachteten ihn nun voller Mitleid. Nur Kathy war zurückhaltend und sparte sich ihr Urteil noch auf. Sie sah ihn verstohlen an. Wie er jetzt so ordentlich hergerichtet dasaß, lächelte und sich angeregt unterhielt, sah er wesentlich besser aus, als sie erwartet hätte. Natürlich waren seine Haare noch zu lang, und sie wußte, daß ihren Vater das störte. Aber das war unwichtig, denn es war ja klar, daß Chris nach dem Abendessen wieder gehen würde.
Mrs. Wright und Kathy brachten das Hauptgericht aus der Küche. Es gab noch Rindfleisch mit Zwiebeln, Karotten und Kartoffeln.
„Das Essen wird ja immer besser", rief Chris bewundernd aus. „Haben Sie vielleicht eine Hauswirtschaftsschule besucht?"
Mrs. Wright verneinte und strahlte ihn an. Sie war plötzlich so aufgeregt wie ein junges Mädchen! Kathy ärgerte sich darüber, daß er ihrer Mutter schmeichelte. Sie wußte, daß das alles nur gespielt war. Hatte er nicht selbst gesagt, daß er bei älteren Damen immer gut ankäme? Auf der anderen Seite war sie aber auch glücklich darüber, daß ihre Mutter sich so freute. Sie nahmen das alles eigentlich als viel zu selbstverständlich hin, dachte sie schuldbewußt.
„Ich ziehe das ganze Gemüse selbst", erzählte Stephan. „Wenn du willst, zeige ich dir morgen meinen Gemüsegarten."
„Chris wird morgen nicht mehr hier sein", sagte Kathy kühl. „Er ist nur auf der Durchreise."
„Ach, ich weiß noch nicht so genau", widersprach Chris ihr. „Meine Pläne können sich immer sehr schnell ändern."
„Du hast uns ein wenig von deiner Mutter erzählt", unterbrach Mrs. Wright. „Hast du auch einen Vater?"

„Oh, Mama“, sagte Kathy gereizt, „warum kannst du ihn denn nicht in Ruhe lassen? Nur weil du ihm zu essen gibst, muß er dir doch noch lange nicht seine ganze Lebensgeschichte erzählen, nicht wahr? Genauso fragst du immer die Anhalter aus. Nur weil du sie ein Stück in deinem Wagen mitnimmst, glaubst du, sie müßten sich mit dir unterhalten.“
Chris beachtete ihre Worte nicht. „Mein Vater starb, als ich noch ganz klein war“, erzählte er, „und meine Mutter war im ganzen viermal verheiratet.“
Dieses Thema wurde sofort fallengelassen, aber Kathy bemerkte, daß sich ihre Eltern bestürzt ansahen. Ihre Eltern hatten gleich nach Abschluß des Gymnasiums geheiratet und führten eine glücklichere Ehe, als viele andere Paare, die sie kannte. In ihrer Klasse kamen einige Kinder aus geschiedenen Ehen, aber bei ihren Eltern wäre das undenkbar gewesen. Allein schon die Vorstellung war für sie völlig abwegig. Ihr größtes Problem war nicht ihre Ehe, sondern vielmehr die Tatsache, daß sie nie genug verdienten, um die Ausgaben zu decken. Die Möglichkeit, viermal in ihrem Leben zu heiraten, war ihnen so fremd wie der Gedanke, eine Ehe mit einem Marsmenschen einzugehen. Kathy sah sie zärtlich an und dachte, daß sie wunderbar altmodisch und treu waren und sich sehr liebten. Das Leben außerhalb ihrer eigenen vier Wände war hart genug für sie. Aber zu Hause machten sie es sich gegenseitig so angenehm wie nur möglich.
„Ist deine Mutter berufstätig?“ fragte Mrs. Wright. „Oder ist sie Hausfrau?“
„Sie sät nicht und sie spinnt nicht“, sagte Chris poetisch. „Sie hat in ihrem Leben noch keinen einzigen Tag gearbeitet, und sie ist auch bestimmt keine Hausfrau, wenn Sie unter Hausfrau jemanden mit hausfraulichen Qualitäten verstehen. Nein, sie sät nicht und sie spinnt nicht, aber sie erntet natürlich.“
„Und wie steht es mit dir?“ wurde Chris von Mrs. Wright gefragt. „Woher kommst du und wohin gehst du?“

„Ich komme nirgendwoher und gehe nirgendwohin", antwortete Chris.
Zum zweiten Mal schauten sich Kathys Eltern vielsagend an. Sie hatten ihren ganz persönlichen Blick, den sie sich zuwarfen, wenn es sich um Themen wie Sex, Atheismus, Kommunismus und Krebs handelte. Sie waren gute Menschen, aber so weltfremd. Kathy dachte, daß sie ebensogut vor hundert Jahren in einer kleinen Stadt in der Provinz hätten leben können. Sie hatten immer hier gelebt und waren nie verreist oder in einer anderen Stadt aufs College gegangen. Bevor ihr Vater die Obstplantagen übernahm, hatten sie seinem Vater und Großvater gehört, und auch ihre Mutter stammte aus dieser Gegend. Die frühe Heirat und die Kinder hatten sie nach Kathys Meinung für alle Zeiten an diesen langweiligen Ort gefesselt.
„Ich nehme nicht an, daß Sie mir Arbeit geben wollen, oder doch?" fragte Chris Mr. Wright. „Sie brauchen mir nicht viel zu bezahlen, wenn ich Kost und Logis frei habe."
„Ich weiß nicht", antwortete Mr. Wright. „Sie müßten sich erst einmal die Haare schneiden lassen. Aber warum wollen Sie denn so plötzlich hier arbeiten?"
„Warum nicht", gab Chris zurück. „Ich müßte noch ein Jahr zur Schule gehen, aber mich zieht es nicht dahin zurück. Ich hatte schon daran gedacht, mir eine Arbeit zu suchen, und habe ja nun das Glück gehabt, bei Ihnen zu landen. Ich habe noch nirgendwo nettere Leute getroffen als hier, und so scheint mir, daß ich es hier aushalten könnte."
„Sie haben doch hoffentlich keinen Ärger mit der Polizei gehabt, oder?" fragte Mr. Wright mißtrauisch.
„Aber nein, bestimmt nicht", versicherte ihm Chris.
„Wissen Sie überhaupt, wie hart wir hier arbeiten?" fragte Mr. Wright weiter. „Dies ist kein Platz für Faulenzer."
„Ich habe heute den ganzen Tag gearbeitet", erklärte Chris.
„Das ist nur die Spitze des Eisbergs", machte ihm Mr. Wright klar. Mrs. Wright hatte den Nachtisch hereingetragen. Es gab

Apfelkompott mit Karamelsauce, und Chris verschlang es mit demselben Heißhunger wie das übrige Essen. Armer Junge. Er war wohl schon lange nicht mehr satt geworden, dachte Kathy. Und für sie war es die selbstverständlichste Sache von der Welt, daß ihre Mutter so gut kochte.

„Gibt es denn, abgesehen davon, daß die Äpfel gepflückt und verpackt werden müssen, noch sehr viel zu tun?" fragte Chris. Die ganze Familie brach in schallendes Gelächter aus.

„Ich will einmal versuchen, Ihnen kurz zu schildern, was es wirklich heißt, Äpfel zu züchten", begann Mr. Wright. „Für einen Apfelzüchter haben die Jahre einen bestimmten, regelmäßig wiederkehrenden Ablauf. Gegen Ende des Winters oder bei Beginn des Frühlings beschneiden wir die Bäume, damit sie nicht zu dicht und zu groß werden. Eine Höhe von 3,50 Meter bis 4 Meter ist ausreichend. Anschließend verteilen wie Dünger um die Bäume herum, und zwar vom Stamm ausgehend bis unter die am weitesten nach außen reichenden Äste. Mit dem Regen gelangt er dann in die Erde und zu den Wurzeln. Danach werden die Bäume gespritzt, um Insekten fernzuhalten und Krankheiten vorzubeugen. Blüten- und Blattknopsen bilden sich im Spätfrühling und im Sommer und gehen dann im nächsten Frühjahr auf. Dann, normalerweise in der ersten Maihälfte, stehen die Bäume in voller Blüte.

Das ist ein kritischer Zeitpunkt. In einem Jahr hagelte es im Mai sehr stark, und wir konnten noch nicht einmal halb so viele McIntosh-Äpfel ernten wie gewöhnlich. Wenn das Wetter unsere Arbeit nicht zunichte macht, können die Äpfel während des ganzen Sommers wachsen und reifen. Wir ernten im Spätsommer, im Herbst und im Winter. Gegen Ende September und im Oktober ist die Ernte am umfangreichsten und bringt am meisten ein. In dieser Zeit gibt es sehr viel Arbeit hier, junger Mann, und wir brauchen jede zusätzliche Hilfe, die wir bekommen können. Die Äpfel werden von Hand gepflückt, und ich stelle dann sowohl Saisonarbeiter als auch Leute aus dieser

Gegend zum Pflücken ein.
Sollten Sie jetzt immer noch daran interessiert sein, hierzubleiben und bei uns zu arbeiten, so ließe sich da schon etwas machen. Aber ich kann Ihnen nur den Mindestlohn geben, und ich brauche Sie auch nur für ein paar Stunden am Tag. Zunächst würden Sie weiterhin Kathy zur Hand gehen, später könnten Sie beim Äpfelpflücken helfen."
„Es ist mir egal, wieviel Sie mir bezahlen", sagte Chris.
„Der spinnt wohl", flüsterte Stephan Kathy ins Ohr.
„Und noch etwas muß Ihnen klar sein", fügte Mr. Wright hinzu. „Wenn ich Sie einstelle, so erwarte ich, daß Sie bis zum Ende des Herbstes bleiben, denn so lange dauert unsere Erntezeit. Sollten Sie nämlich nur einen Job für den Sommer suchen, so könnte ich eine ganze Menge von jungen Leuten bekommen, die in dieser Zeit gerne hier arbeiten würden.
Ich brauche aber jemanden, der nicht im September wieder in die Schule geht. Im Winter werde ich keine Arbeit für Sie haben. Außerdem hätten wir dann auch keinen Platz mehr für Sie. Das Zimmer über der Garage ist nicht isoliert, so daß Sie dort nicht wohnen könnten, wenn es draußen friert. Sie müßten sich dann etwas anderes suchen, wieder nach Hause gehen."
„Ich werde so lange bleiben, wie Sie mich brauchen, und werde dann wieder gehen", antwortete Chris.
Kathy hatte das Gefühl, daß sie etwas dazu sagen sollte, wo sie doch offensichtlich die einzige in der Familie war, die sich nicht vollkommen von Chris betören ließ.
„Meinst du nicht, daß wir noch ein bißchen mehr über dich wissen sollten, bevor wir dir Arbeit geben?" fragte sie.
„Ich wüßte nicht, wieso", sagte er in dieser überheblichen Art, die sie so rasend machte. „Ich bin sicher, daß ihr über eure Saisonarbeiter auch nicht mehr wißt. Wie gebildet muß ich denn sein, um Marmeladengläser in Regale zu stellen oder Äpfel in Steigen zu füllen?"
Kathy sah zu ihren Eltern hinüber, aber die lächelten nur und

schwiegen, und so zuckte sie nur kurz mit den Achseln und gab für diesmal auf. Es war jetzt die Sache ihrer Eltern. Sie konnte sich nicht ihr ganzes Leben lang um deren Probleme kümmern. Später wuschen Kathy und Stephan das Geschirr ab, während ihre Eltern sich noch mit Chris unterhielten.
„Ist das nicht die Höhe", beklagte sich Kathy bei ihrem Bruder, „einen Fremden einfach so einzuladen?"
„Du wirst wirklich komisch", sagte Stephan in seiner direkten Art, die typisch für ihn war. „Du warst doch sonst immer so freundlich. Ich mag ihn gern. Ich habe so jemanden bisher noch nie kennengelernt. Mama und Papa mögen ihn auch. Was hast du denn eigentlich gegen ihn, Kathy?"
„Ich weiß nicht", antwortete sie und verstand sich irgendwie selbst nicht. „Ich kann nicht sagen, daß ich etwas gegen ihn habe, aber ich traue ihm nicht ganz. Ich habe das Gefühl, daß irgendwas mit ihm nicht stimmt. Seine Art zu sprechen ist so anders, und auch sein Benehmen. Ich meine, er kommt als Anhalter hier an und tut dann so, als sei er der Größte. Das macht mich so mißtrauisch. Vielleicht ist er gerade aus dem Gefängnis oder aus dem Irrenhaus entwichen. Vielleicht hat er jemanden mit einer Axt umgebracht. Erinnerst du dich an den grausigen Film, den wir zusammen gesehen haben, in dem ein Mann aus dem Irrenhaus flieht und die Leute in seiner Stadt umbringt?"
„Sicher, aber das war doch nur ein Film", erwiderte Stephan. „So etwas passiert doch in Wirklichkeit nicht. Ich fand es jedenfalls ganz toll, mich mit ihm zu unterhalten. Fast so wie mit einem großen Bruder."
„Geht es dir bei Chuck genauso?" fragte sie ihn.
„Sicher, ich mag Chuck auch ganz gern. Ich kann doch auch mehrere Personen mögen, und Chuck kenne ich schon seit Jahren. Aber Chris ist anders. Er versteht Spaß. Chuck ist immer so ernst."
Kathy seufzte. Es war offensichtlich, daß ihre Gefühle übertrie-

ben waren. Im Moment konnte sie jedenfalls nur abwarten, bis ihre Zeit gekommen war. Stephan hatte recht mit dem, was er über Chuck sagte. Er war solide, zuverlässig, besonnen – ein einfacher Charakter. Aber in all den Jahren, die sie ihn nun schon kannte, war er nie so richtig ausgelassen gewesen.

2

Als sie und Stephan mit dem Abwasch fertig waren und wieder ins Wohnzimmer kamen, unterhielt sich Chris gerade mit ihrer Mutter. Er saß zu ihren Füßen und hielt mit beiden Händen die Wolle, die sie zu einem Knäuel aufwickelte.
Mr. Wright saß in seinem Lehnstuhl und las die Abendzeitung. Auch er hatte sich schon an den Fremden in ihrem Haus gewöhnt. Kathy erinnerte sich wieder an den Fernsehfilm, in dem sich ein Fremder als Mörder entpuppte, der aus einem Irrenhaus entflohen war. Als der Polizei in diesem Film die Frage gestellt wurde: „Wieso konnte er nur so einen normalen Eindruck machen?" antwortete ein Polizist: „Diese Art von Schizophrenen macht immer einen ganz normalen Eindruck." Allerdings mußte sie zugeben, daß Chris im Augenblick eher aussah, als gehöre er zur Familie. Sie und Stephan setzten sich vor den Fernseher, aber mit einem Ohr hörte sie aufmerksam zu, wie sich Chris mit ihrer Mutter unterhielt. Er schien genau zu wissen, wofür sie sich interessierte, und stimmte sogar mit ihr darin überein, daß die Unterhaltungsmusik ihren Höhepunkt zur Zeit der Big Bands hatte. Er kannte die Musik von Glenn Miller, und sie schwärmten sich gegenseitig von ihren Lieblingsplatten vor. Ihre Mutter seufzte. „Leider habe ich nie diese modernen Tänze wie den Hustle gelernt."
„Ich werde es Ihnen zeigen", bot Chris sich an. „Ich kann ganz prima tanzen."

Kathy sah ihre Mutter neugierig an. Es war ihr noch nie in den Sinn gekommen, daß ihre Mutter gern tanzen könnte. Wie seltsam! Ja, sie hatte nicht im entferntesten daran gedacht, daß ihre Mutter noch andere Bedürfnisse haben könnte, außer daß sie zu Hause war und den Haushalt versorgte. Sie merkte, daß sie ein bißchen eifersüchtig wurde. Ihre Mutter enthüllte da einem Fremden etwas, was sie ihrer eigenen Familie nie gezeigt hatte.

Nach den Elf-Uhr-Nachrichten begleitete Kathy Chris zu seinem Zimmer, um ihm zu zeigen, wo die saubere Bettwäsche lag und wie die elektrische Heizung funktionierte. Als sie so schweigend neben ihm ging, fühlte sie sich unbehaglich und unsicher und wußte nicht, was sie sagen sollte.

„Was für eine schöne Nacht", sagte Chris, und sie nickte zustimmend. „Ich bin wirklich total erledigt", fuhr er fort. „Kann es kaum erwarten, wieder mal in einem richtigen Bett zu schlafen. Ich werde nie verstehen, was manche Leute am Campen so toll finden."

„Hat es dir denn gar keinen Spaß gemacht?" fragte Kathy.

„Nein", grinste er. „Ich gucke mir die Natur lieber durch eine Glasscheibe an. Bei den vielen Mücken und auf dem harten Boden bin ich spätestens nach einer Stunde immer wieder aufgewacht. Dieses kleine Zimmer über der Garage kommt mir heute nacht fast wie ein Paradies vor."

Sie stiegen die Treppe hinauf, und Kathy zeigte ihm die Bettwäsche und die Heizung. „Heute nacht werde ich sie natürlich nicht brauchen", sagte er. „Aber wenn es demnächst morgens kälter ist, werde ich sie zu schätzen wissen."

„Willst du wirklich länger hierbleiben?" fragte sie.

„Das sagte ich doch schon, oder?" antwortete er. „Im allgemeinen pflege ich meine Versprechen zu halten."

„Aber mußt du denn deiner Mutter nicht sagen, wo du bist?" fragte sie ihn. „Ich meine, wenn meine Eltern nicht wüßten, wo ich bin, würden sie sich fast zu Tode grämen."

„Es gibt eben solche Eltern und solche", sagte er sanft. „Ich kann dir versichern, daß meine Mutter sich nicht im geringsten um mich sorgt. Sie weiß, daß ich früher oder später wieder auftauche. Sie ist vollkommen zufrieden, solange ich ihr keinen Ärger mache."

„Vielleicht werde ich mich in ein paar Tagen bei ihr melden", fügte er in seiner lässigen Art hinzu, die sie so auf die Palme brachte. „Wenn ich das Gefühl habe, daß sie es verdient. Ich muß noch mal darüber nachdenken."

„Ich könnte mir nicht vorstellen, meine Mutter so zu behandeln", sagte sie.

„Siehst du, kleines Farmermädchen", hänselte er sie wieder, „ich bin sicher, daß es viele Dinge in unserer großen und weiten Welt gibt, die du dir nicht vorstellen kannst, die in dein Weltbild nicht hineinpassen. Aber das will nicht heißen, daß es sie nicht gibt. Ich muß mich wundern, wie begrenzt deine Lebenserfahrung ist. Bestimmt gibt es noch viele andere Dinge außer der Art, wie ich mit meiner Mutter umgehe, von denen du keine Ahnung hast."

Sie stand verwirrt vor ihm und wußte nicht, was sie ihm antworten sollte. Sie war ärgerlich, daß er sie so in Verlegenheit brachte.

„Wir wollen nicht mehr über meine Mutter sprechen", lenkte er ab. „Gib zu, daß du dich freust, daß ich hierbleibe."

„Ganz bestimmt nicht", brauste sie auf, „und glaub nicht, ich hätte nicht gemerkt, wie du dich bei meiner Mutter eingeschmeichelt hast, nur weil du hierbleiben willst!"

„Das habe ich sicher nicht getan. Ich mag sie wirklich gern. Ich habe mich noch nie bei jemandem eingeschmeichelt. Und warum sollte ich auch?"

„Das habe ich dir schon gesagt", antwortete sie, „nur um hierbleiben zu können."

„Und warum glaubst du, liegt mir so viel daran?" fragte er.

„Weil du kein Geld, keine Kleidung und kein Dach über dem

Kopf hast. Ich glaube, du willst nur versorgt werden."
„Oh, Kathy", lachte er, „ob ich hierbleibe oder nicht, ist keine Frage von Leben und Tod. Ich bleibe sicher nicht, um von deiner Mutter bekocht zu werden, so gut ihre Küche auch ist. Ich bin zu deiner Mutter so freundlich, weil sie sehr nett ist, was ich von dir feindseligem Wesen nicht behaupten kann."
„Ich bin nicht feindselig", fuhr sie ihn an.
„Hast du nie daran gedacht, mein kleines Mädchen", sagte er, „daß ich deinetwegen bleiben wollte? Ich werde deinen ersten Blick nie vergessen, als du Marmeladengläser ins Regal geräumt hast."
„Du gehst mir auf die Nerven", entfuhr es ihr, „ich kann es nicht leiden, wenn man mich aufzieht!" Wütend stürzte sie die Treppe hinunter und knallte die Tür hinter sich zu.
„Ich habe dich nicht aufgezogen", sagte er leise zu sich selbst. Er machte sein Bett, lag eine Zeitlang rauchend da und schlief dann ein.
Kathy rannte ins Haus und stürmte ohne anzuklopfen ins Zimmer ihrer Eltern.
„Was ist los?" fragten sie, erschreckt durch ihr ungewöhnliches Benehmen.
„Dieser Chris", brach es aus ihr heraus, und sie war zu ihrer Überraschung den Tränen nahe. „Ich hasse ihn. Er macht sich ständig über mich lustig. Ich will nicht, daß er mit mir zusammen arbeitet. Das ist nicht fair. Ihr beide tut so, als wärt ihr die Heilsarmee, und ich muß mich mit diesem eingebildeten Kerl herumschlagen. Er ist gräßlich, und außerdem bringt er mich zur Weißglut. Woher wollt ihr wissen, daß er kein verrücktgewordener Verbrecher ist, oder vielleicht ist er sogar rauschgiftsüchtig? Ihr beide seid so ahnungslos, so naiv, daß ihr vom Rauschgift wahrscheinlich noch nicht einmal etwas gehört habt."
„Aber natürlich haben wir davon gehört." Ihr Vater lachte. „Wir sehen dieselben Sendungen im Fernsehen wie du. Ich habe mir

seine Arme angeschaut. Keine Nadeleinstiche zu sehen. Er ist ein netter Junge. Er war nur hungrig, und wir werden ihn aufpäppeln und sehen, ob wir ihn nicht zum Friseur schicken können. Du weißt selbst, daß er kein verrücktgewordener Verbrecher ist, Kathy."

„Das ist mir egal", entgegnete sie. „Ich will nicht, daß er bleibt, und ich will nicht mit ihm arbeiten."

„Du könntest gut jemanden gebrauchen, der dir ordentlich hilft", sagte ihr Vater, „und wie du selbst gesagt hast, hat er heute sehr fleißig gearbeitet. Warum willst du ihn also nicht hierbehalten?"

„Er war kaum angekommen, da hat er gleich drei Gläser von unserem kostenlosen Apfelsaft getrunken."

„Oh, Kathy", lachte ihre Mutter, „er könnte in Apfelsaft baden, und wir hätten immer noch genug."

„Ich muß ständig auf die Kasse aufpassen", sagte Kathy hartnäckig. „Alle meine Freunde hätten gerne hier mit mir gearbeitet, aber ihr habt gesagt, daß wir uns das nicht leisten könnten. Und jetzt zwingt ihr mich, mit einem Fremden zusammenzuarbeiten, den ich nicht leiden kann und dem ich nicht traue. Habe ich nicht das Recht, bei solchen Entscheidungen mitzureden?"

„Beruhige dich mal wieder", sagte ihr Vater. „Es gibt zwei Gründe dafür, daß wir ihn genommen haben und nicht einen deiner Freunde, und die kennst du genau. Da er bei uns wohnt und ißt, arbeitet er für wesentlich weniger Geld als deine Freunde. Der zweite Grund ist der, daß er hierbleiben wird und mir helfen kann, wenn du und deine Freunde im Herbst wieder zur Schule gehen. Du solltest froh darüber sein, daß er hier ist, anstatt dich darüber zu ärgern. Du wirst viel mehr freie Zeit haben."

„Du kannst sagen, was du willst", beharrte sie. „Ich will trotzdem nicht, daß er bleibt. Ehrlich gesagt mache ich mir Sorgen über euch beide, denn ihr seid so gutgläubig wie kleine Kinder. Papa läßt jeden auf sich herumtrampeln. Die Leute kommen her

und stehlen Äpfel, und sogar deine Arbeiter tanzen dir auf der Nase herum. Papa, du bist einfach zu leichtgläubig, und Mama ist fast noch schlimmer."
Ihre Mutter sah sie nachdenklich an. „Du hast ihn gern, Kathy, deshalb ärgerst du dich so."
„Nein, ich kann ihn nicht ausstehen", widersprach sie heftig, „und lenke bitte nicht vom Thema ab. Du hast gehört, daß ich sagte, ihr seid zu gutgläubig. Ich wette, daß die Eltern meiner Freunde niemals so ohne weiteres einen Fremden aufnehmen würden."
„Wie sind wir nur mit unserem Leben fertig geworden, bevor du dich unserer angenommen hast?" fragte ihr Vater mit einem eher humorvollen als ironischen Unterton in der Stimme.
„Ihr seid sehr schlecht damit fertig geworden", erwiderte sie und war entschlossen, diesmal die Sorgen und Nöte, die schon seit Jahren in ihr nagten, endlich loszuwerden. „In einem Jahr bin ich mit der Schule fertig, und ich möchte woanders aufs College gehen. Das wißt ihr. Ich muß weg von hier. Wenn ich dem Leben hier nicht entrinnen kann, werde ich verrückt, oder ich gehe zugrunde. Ich will Abenteuer erleben und etwas von der Welt sehen. Ich will das Meer sehen und nicht nur die Berge. Aber so fabelhaft wie ihr euer Leben meistert, ist es sehr fraglich, ob ich auch nur etwas von all dem, was ich mir erträume, verwirklichen kann. Wir haben noch nicht einmal genug Geld, um mit der ganzen Familie nach New York zu fahren und eine Veranstaltung in der Radio City Music Hall zu besuchen. Ich bin die einzige aus der ganzen Klasse, die noch nie dort war. Wenn die anderen darüber sprechen, behaupte ich, wir wären vor Jahren einmal dort gewesen und ich hielte das jetzt aber für eine Kinderei. Wenn wir also noch nicht einmal genug Geld haben, um mit der ganzen Familie ab und zu nach New York zu fahren, wie wollt ihr mich denn aufs College schicken? Ich wette, daß ihr noch nicht einmal tausend Dollar auf der Bank habt. Ich habe es satt, jeden Groschen fünfmal

umdrehen zu müssen. Erzählt mir also bitte nicht, daß ihr in eurem Leben bisher besonders erfolgreich wart."

„Bist du jetzt fertig?" fragte ihr Vater kühl.

„Reg dich nicht auf, Jack", griff ihre Mutter ein. Zu Kathy gewandt, fügte sie hinzu: „Du sollst dir nicht so viele Gedanken machen, Liebes. Es wird schon alles werden. Ich wünschte, du würdest dich bemühen, die Dinge etwas gelassener zu nehmen. Diese Ausbrüche ändern doch nichts, sie machen uns nur wütend und dich unglücklich."

„Mama, ich glaube, du hast kein Wort von dem, was ich sagte, verstanden", schimpfte Kathy weiter. „Du bist so damit beschäftigt, immer wieder Frieden zu stiften, daß du mir nie zuhörst."

„Um Himmels willen", sagte ihre Mutter. Sie war jetzt doch verärgert. „Ich höre dir sehr wohl zu, aber wir können jetzt um Mitternacht überhaupt nichts tun, außer schlafen zu gehen."

„Und ihr wollt ihn immer noch hierbehalten?" Kathys Augen funkelten vor Zorn.

„Machst du uns deshalb solch eine Szene?" fragte Mr. Wright.

„Nein", antwortete Kathy. „Alles, was ich euch gesagt habe, trage ich schon seit Jahren mit mir herum."

„So habe ich dich noch nie erlebt", seufzte ihre Mutter.

„Dann solltest du dich vielleicht daran gewöhnen, daß ich so bin", antwortete sie. „Ich bin jetzt bald erwachsen, und es ist höchste Zeit, daß du dir das klarmachst. Ich bin fast siebzehn und nicht mehr euer liebes kleines Mädchen. Die Ziele, die ich mir gesetzt habe, kann ich nicht hier in den Apfelplantagen verwirklichen. Anscheinend füllt euch beide das Leben hier aus, aber ich will hier nicht leben, und ich will hier nicht arbeiten."

„Bitte, mein Herz", seufzte ihre Mutter, „geh jetzt schlafen. Wir können heute nacht zu keiner Lösung kommen. Wenn du von hier fortgehen willst, fremde Menschen kennenlernen und Abenteuer erleben willst, so werden wir dich nach Kräften dabei unterstützen. Aber bis es soweit ist, lebst du noch hier. Und heute kam Chris zu uns. Er ist fremd und ganz anders als wir, und ihn kennenzulernen kann genauso ein Abenteuer sein wie von hier wegzugehen. Versuch, mit ihm auszukommen. Tu doch so, als hättest du ihn irgendwo anders kennengelernt."

„Ich bin nicht zum Scherzen aufgelegt", zischte Kathy.

„Ich scherze nicht", sagte ihre Mutter. „Ich meine das ganz ernst. Hier bietet sich dir eine wunderbare Gelegenheit, einen interessanten Menschen kennenzulernen, und deine erste Reaktion ist, daß du ihn ohne besonderen Grund wegschicken willst."

„Ich fühle mich in seiner Gegenwart unwohl", beklagte sich Kathy. „Warum könnt ihr ihn nicht in den Plantagen arbeiten lassen?" Aber schon während sie diese Frage stellte, wußte sie, daß das unmöglich war. Denn zum Apfelpflücken benötigte man einiges Geschick, auch wenn die Leute immer annahmen, daß es kinderleicht wäre. Dabei müssen Apfelpflücker mit langen Leitern umgehen können und körperlich fit und schwindelfrei sein. Zudem müssen sie wissen, welche Qualitätsunterschiede es bei Äpfeln gibt, und müssen sie erkennen können. Ein großer Teil der Apfelpflücker, die ihr Vater in den Plantagen beschäftigte, waren geübte Frauen, die sehr gut arbeiteten und oft sorgfältiger mit dem Obst umgingen als die Männer. Chris würde eine ganze Weile brauchen, um das alles zu erlernen. Obst, das unsachgemäß behandelt wurde, konnte nämlich nur mit Wertverlust verkauft werden.

„Vielleicht lassen wir ihn später in den Plantagen helfen", sagte ihr Vater. „Wir werden ihn schrittweise anlernen. Geh jetzt zu Bett, Kathy, und das ist keine Bitte, sondern eine Aufforderung."

Sie ging müde und niedergeschlagen in ihr Zimmer. Es tat ihr leid, daß sie ihren Eltern solche Schwierigkeiten machte. Sie hatten schon genug Sorgen mit ihren Plantagen. Alle wußten, wie anständig und fair ihr Vater war. Er bezahlte seine Arbeiter

im Akkord nach der Menge der gepflückten Äpfel. Er holte seine Leute ab und brachte sie nach Ende der Saison wieder zurück, er stellte ihnen beheizbare Unterkünfte und manchmal sogar Verpflegung zur Verfügung. Seine Unterkünfte waren überdies die besten auf allen Plantagen weit und breit. Die Räume, in denen die Saisonarbeiter wohnten, waren sauber und mit bequemen Betten und Matratzen ausgestattet. Die Duschen waren intakt und lagen innerhalb des Wohnbereichs. Aufsichtsbeamte überprüften regelmäßig mindestens einmal pro Saison die Arbeits- und Wohnbedingungen in den Plantagen und bestätigten ihrem Vater jedesmal, daß seine Unterkünfte die besten seien.
Aber ihre Probleme waren natürlich nicht darauf zurückzuführen, daß ihr Vater sich nicht auf Kosten seiner Arbeiter bereichern wollte. Im letzten Jahr war die Ernte nur halb so ertragreich gewesen wie normalerweise, und deshalb stand auch das Zimmer über der Garage, in dem Chris nun wohnte, leer. Durch den plötzlichen Frosteinbruch im Mai war ihr Gewinn geringer ausgefallen, ihre laufenden Betriebskosten waren aber unverändert hoch geblieben. Der plötzliche Frost war das erste Unglück gewesen, und das zweite kam in Form eines heftigen Hagels, der einen Großteil des Obstes beschädigte, so daß sie es zu einem niedrigen Preis verkaufen mußten.
Schließlich schlief Kathy unruhig ein. Sie war nicht gerade zuversichtlich, was die Zukunft wohl mit sich bringen würde, und mit sich selbst nicht besonders zufrieden.

3

Als sie am nächsten Morgen zum Frühstück erschien, begrüßten sie ihre Eltern so freundlich wie immer, und sie wußte, daß die Auseinandersetzung vom Vorabend vergessen war. So waren ihre Eltern, und das war einer der Gründe, warum sie sie so liebte. Sie erzogen ihre Kinder ohne viele Worte, hauptsächlich durch ihr Vorbild.

Kurz nachdem sie begonnen hatte, ihr Müsli mit selbstgemachtem Ahornsirup zu verzehren, kam Chris frisch, munter und voller Energie hereingestürmt.

„So gut wie heute nacht habe ich noch nie geschlafen", schwärmte er, „und jetzt habe ich einen Bärenhunger. Bin heute prima in Form und werde bestimmt gut arbeiten."

Er umarmte Mrs. Wright unbefangen, ließ sich auf einen Stuhl fallen und goß sich ein großes Glas Orangensaft ein. Er schien sich wirklich in Windeseile anpassen zu können, dachte Kathy, denn so wie er sich verhielt, schien er schon zur Familie zu gehören.

„Zum Glück trinkt ihr zum Frühstück nicht auch noch Apfelsaft", sagte er scherzhaft, als Mrs. Wright ihm einen Teller Müsli reichte. Dann folgte er mit Interesse der Unterhaltung ihrer Eltern. Kathy dagegen hörte kaum zu. Apfelgeschichten, dachte sie, immer diese Apfelgeschichten, und so interessiert Chris daran war, so langweilig fand sie dieses Thema. Einem ihrer Nachbarn war in der Nähe von Clintondale die Ernte durch einen Hagelsturm vernichtet worden. Dasselbe war einem anderen Apfelzüchter bei Pancake Hollow widerfahren. Sie konnten aus diesen Äpfeln natürlich noch Apfelsaft herstellen, aber das Problem war, daß man für Fallobst nur zwei bis drei Dollar bekam, während eine Steige guter Äpfel sieben oder acht Dollar brachte. Zudem hatten viele Apfelzüchter damit zu kämpfen, daß immer häufiger Äpfel gestohlen wurden.

„Die Leute halten einfach auf der Straße an und stehlen die Äpfel", erklärte ihr Vater Chris. „Sie glauben, daß Äpfel, die auf Bäumen nahe der Straße wachsen, Allgemeingut sind, daß sie nur darauf warten, von ihnen gepflückt zu werden. Sie kommen überhaupt nicht auf die Idee, daß diese Äpfel jemandem gehören könnten, der damit seinen Lebensunterhalt verdient.

Bei uns wird weniger gestohlen als bei anderen, weil unser Haus in der Nähe der Plantagen steht. Aber Apfelzüchter, die nicht in der Nähe ihrer Obstplantagen wohnen, können kaum etwas gegen die Diebstähle tun. Man kann schließlich nicht eine ganze Plantage einzäunen."
„Ich kann mir nicht vorstellen, daß man überhaupt nichts dagegen tun kann."
„Ich muß dir erzählen, was einer meiner Freunde gemacht hat", schmunzelte ihr Vater und duzte ihn jetzt. Kathy seufzte. Sie hatte diese Geschichte schon ein dutzendmal gehört. „Eines Tages fuhr er zu seinen Plantagen und entdeckte, daß dort ein großer, blitzender Straßenkreuzer parkte. Er schaute nach und sah, daß eine ganze Familie dabei war, seine Äpfel zu pflücken. Noch dreister ging es wohl nicht. Sogar aus der Entfernung konnte er sehen, daß sie schon über vier Kisten voll gepflückt hatten. Während sie eifrig weiterpflückten, montierte er die Radkappen von dem Wagen ab. Als die Familie zu ihrem Auto zurückkam, saß er mit den Radkappen da und wartete.
„He, Sie", schrie ihn der Besitzer des Wagens an. „Sie haben meine Radkappen gestohlen. Bringen Sie sie sofort wieder an!"
„Und Sie haben meine Äpfel gestohlen", erklärte ihm mein Freund. „Wenn Sie Ihre Radkappen wiederhaben wollen, müssen Sie mir die Äpfel da bezahlen."
„Wieso denn bezahlen", weigerte sich der Mann. „Wir haben sie doch selbst gepflückt."
„Ich habe mir die Radkappen auch selbst gepflückt", gab mein Freund schlagfertig zurück. Schließlich erstattete jeder dem anderen sein Eigentum zurück, und der Straßenkreuzer fuhr weiter. Aber mein Freund wußte, daß er das Problem nur für dieses eine Mal gelöst hatte. Du kannst sicher sein, daß so etwas laufend passiert. Die Rechte eines Landbesitzers sind nämlich eingeschränkt. Du darfst niemanden von deinem eigenen Grund vertreiben. Tust du es dennoch, kannst du wegen Nötigung oder Körperverletzung gerichtlich belangt werden."

„Das ist ja der Gipfel der Ungerechtigkeit", empörte sich Chris. „Wenn ich Zeit hätte, könnte ich dir noch viel mehr erzählen", sagte Mr. Wright. „Macht's gut, Kinder." Er setzte seinen Hut auf und ging hinüber zu den Plantagen.
Mrs. Wright servierte Chris drei Eier mit Landwurst, vier Scheiben selbstgebackenes Brot mit Apfelgelee und drei Tassen Kaffee.
„Wenn das so weitergeht", lachte er, „werde ich in kürzester Zeit mein altes Kampfgewicht wieder erreicht haben. Ich kann noch gar nicht glauben, daß alles hausgemacht ist. Ahornsirup von euren eigenen Bäumen, Eier und Wurst von einer Nachbarfarm und euer eigenes Apfelgelee. Das ist das Beste, was ich je gegessen habe."
Nach dem Frühstück folgte Chris Kathy zum Obstladen und machte sich sofort an die Arbeit. Je länger sie mit ihm zusammenarbeitete, desto zufriedener war sie mit ihm. Er begriff schneller und arbeitete besser als alle anderen, die ihr Vater bis dahin eingestellt hatte. Er konnte mehrere Arbeiten gleichzeitig verrichten, und es störte ihn nicht, wenn er unterbrochen wurde. Zu den Kunden war er so liebenswürdig und so höflich wie zu ihrer Mutter. Im Laufe des Tages zeigte sie ihm die Maschine, mit der die Erdnußbutter hergestellt wurde, und erklärte ihm, wie er sie bedienen mußte, wenn es einmal im Laden einen Leerlauf gab. Sie zeigte ihm auch die verschiedenen Größen und Preise der Apfelgeleegläser.
„Unsere Eier kommen von einer Nachbarfarm", erklärte sie ihm, „und wir verkaufen nur die besonders großen."
In einer Ruhepause nahm sie ihn mit in den Hinterraum und erklärte ihm den ganzen Prozeß der Apfelsaftherstellung. Sie zeigte ihm, wie die Äpfel gewaschen wurden, nachdem die Kisten automatisch geöffnet und die Äpfel auf ein Förderband gekippt wurden.
„Aus einer 20 kg schweren Kiste gewinnen wir neun bis dreizehn Liter, je nachdem, wie saftig die Äpfel sind. Zu Beginn

jeder Saison wird die Apfelpresse auseinandergenommen, gereinigt und überholt, damit sie nicht während der Zeit, in der wir sie am meisten brauchen, auseinanderfällt. Unser Apfelsaft wird nie pasteurisiert, sondern nur kühl gelagert und muß daher innerhalb von vierzehn Tagen verkauft und verbraucht werden."

Chris hörte ihr mit Bewunderung zu. „Ich glaube, du bist das bemerkenswerteste Mädchen, das ich je getroffen habe", sagte er zu ihr. „Ich habe noch kein Mädchen kennengelernt, das sich mit irgend etwas so gut auskannte wie du. Ja, ich habe noch nie ein Mädchen getroffen, das wie du einen technischen Vorgang bis in alle Einzelheiten kannte."

Sie merkte, daß ein plötzliches Glücksgefühl in ihr aufstieg und daß sie froh darüber war, daß Chris da war. Erst jetzt wurde ihr klar, wie öde und einsam es war, allein im Laden zu stehen. „Ich dachte, ich wäre für dich nur ein kleines Mädchen vom Land", neckte sie ihn.

„Das auch", neckte er sie, aber es störte sie nicht im geringsten. Sie zeigte ihm, was dann mit den Äpfeln geschah. Sie wurden durch eine Waschanlage geschleust, in der sie von vielen sich drehenden Bürsten mit Wasser bespritzt und gesäubert wurden. Dann kamen sie mit dem Förderband in eine Schneidemaschine, die sie in kleine Stücke zerhackte. Die Apfelstücke wurden in eine hydraulische Presse gefüllt, die den Saft herauspreßte. Der Saft wurde dann in einen Tank gepumpt und später in Flaschen abgefüllt.

„Wir können 14000 Plastikflaschen auf einmal füllen", erklärte sie ihm. „Das restliche Fruchtfleisch geben wir Farmern, die es als Futter für ihr Vieh oder für die Rehe und Hirsche hier in der Gegend verwenden."

Nachdem er alles gesehen hatte, legten sie eine Pause ein und streckten sich unter einem Baum aus.

„Genug gelernt für heute", sagte er. „Jetzt möchte ich über etwas anderes sprechen."

„Worüber denn?“ fragte sie.
„Über dich“, antwortete er. „Ich möchte etwas von dir wissen.“
„Was willst du wissen?“
„Hast du einen Freund?“
„Eigentlich ja“, sagte sie mit Bedauern. Sie war mit Chuck Diedrich seit der Mittelschule befreundet, und alle glaubten, es wäre die große Liebe, aber in Wirklichkeit war es nicht mehr als Kameradschaft. Sie hatten sich ein paar Mal geküßt, aber nur sehr flüchtig, ohne viel dabei zu empfinden. Chuck war ein netter, guter Junge, der stets freundlich und rücksichtsvoll war, und sie wollte wirklich gern mit ihm befreundet sein, aber nur lose. Als fester Freund langweilte er sie zu Tode. Dumm war Chuck jedenfalls nicht. Er hatte bloß keinen Funken Phantasie und Humor. Sich hin und wieder mit ihm zu treffen, vielleicht, um sich zusammen ein Fußballspiel anzusehen, wäre ihr recht gewesen, aber sich für Jahre fest an ihn zu binden, hätte auch dem lebenslustigsten Mädchen den Nerv geraubt.
Sie wollte eigentlich nie ausschließlich nur mit einem Jungen gehen, aber in ihrer kleinen Stadt war es schwierig, mit verschiedenen auszugehen. Genau wie sie hatten die meisten ihrer Freundinnen seit der Mittelschule einen festen Freund und würden, genau wie ihre Mutter, gleich nach Abschluß der Schule heiraten. Sobald zwei junge Leute miteinander gesehen wurden, gingen alle davon aus, daß sie für alle Zeiten zusammengehörten, und keiner wagte sich mehr an einen von ihnen heran.
Aber mit Chuck war sie noch gut bedient. Man hatte ihn gern und vertraute ihm, und ihre Freundinnen glaubten, daß sie mit ihm glücklich wäre. Jedenfalls hatte es den Vorteil, daß sie sich für den Silvesterabend oder für Schulbälle nie einen Partner suchen mußte. Aber ihre Beziehung war so leidenschaftslos, und alles war so vorhersehbar, als wären sie schon fünfzig Jahre lang miteinander verheiratet. Sie hatte das Gefühl, daß sich sogar ihre Eltern nach so vielen Ehejahren noch leidenschaftli-

cher liebten, als es zwischen ihr und Chuck jemals möglich wäre. Sie hatte nie das Bedürfnis, ihn zu küssen oder zu streicheln, und es ärgerte sie immer wieder, daß es ihm an Unternehmungsgeist mangelte.

Aber er war so anständig, daß sie sich wegen ihrer Vorbehalte Vorwürfe machte. Es war nicht schön, jemanden so zu kritisieren. Das war eines der Prinzipien, die ihre Mutter ihr vermittelt hatte. Ihre Mutter hielt sie immer an, das Positive in einem Menschen zu sehen, und sie mußte zugeben, daß Chuck sich durchaus nach ihren Wünschen richtete. Er würde sich zum Beispiel bemühen, auch Interesse an Dingen zu finden, die sie interessierten. Wenn sie ihn bitten würde, mit ihr einen spannenden Film im Fernsehen anzuschauen oder ins Kino zu gehen, so würde er es tun, obwohl ihn außer Sport kaum etwas interessierte.

Ja, er richtete sich nach ihr, er gab sich Mühe, aber das genügte ihr nicht. Sie erwartete von einem Mann nicht, daß er die treibende Kraft in einer Beziehung war, aber sie erwartete, daß ein Paar sich gegenseitig anregte und seinen Horizont erweiterte. Der gemeinsame Nenner in der Partnerschaft sollte eine Bereicherung für beide Teile sein, aber bei ihr und Chuck war das absolut nicht der Fall. Selbst mit ihren siebzehn Jahren war ihr klar, daß bei ihnen so etwas nie möglich sein würde.

Was sie am meisten an Chuck störte, war, daß er sich überhaupt nicht für andere Menschen interessierte. Einmal hatte er ihr erzählt, daß er die Flitterwochen mit ihr gerne in Kanada verbringen wollte. Er hatte sich schon einen bestimmten Ort dafür ausgesucht. „Das Schöne daran ist", sagte er zu ihr, „daß wir während der ganzen Zeit niemanden zu Gesicht bekommen. Im Umkreis von hundert Meilen trifft man dort keine Menschenseele."

„Was wäre denn so schön daran?" hatte sie ihn gefragt, aber seine einzige Antwort war ein verständnisloses Lächeln.

Chuck war solide. Daran bestand überhaupt kein Zweifel.

Sogar schon während seiner Schulzeit hatte er damit begonnen, Geld zu sparen, um sich gleich nach seiner Hochzeit ein Haus kaufen zu können. Aber wenn sie sich dieses Haus nur vorstellte, lief es ihr kalt den Rücken hinunter. Es wäre wohl eher ein Gefängnis als ein Heim.
Mit Chuck könnte das Leben nie etwas Märchenhaftes haben. Sie würden beide gleichzeitig die Schule verlassen, und er würde vollkommen damit zufrieden sein, entweder bei Mr. Wright in den Obstplantagen oder in der Werkstatt seines Vaters zusammen mit seinem Vater und mit seinen vielen Onkeln zu arbeiten.
„Was soll das heißen: Eigentlich ja?“ unterbrach Chris ihre Träumereien. „Entweder du hast einen Freund, oder du hast keinen.“
„Ich habe schon seit der Mittelschule einen festen Freund“, erklärte sie ihm, „aber in Wirklichkeit möchte ich es gar nicht. Wir haben sehr unterschiedliche Interessen. Er liebt die Natur, und ich liebe die Menschen. Ich möchte nicht immer hier leben. Ich möchte fortgehen und mitten in New York meine Zelte aufschlagen. Mein Freund Chuck glaubt, daß New York schmutzig und gefährlich ist und daß dort zu viele Menschen auf einem Fleck leben. Er verabscheut Großstädte.“
Als sie Chuck einmal von den wunderbaren Kaufhäusern in New York erzählte, fragte er sie, was sie denn an dem kleinen Kaufhaus in ihrer Stadt auszusetzen habe. Wenn sie von den schönen kleinen Kinos in New York sprach, sagte er nur, die Filme würden gar nicht in New York produziert, und in Autokinos würden sie außerdem viel besser wirken. Wenn sie von New Yorks Theatern schwärmte, sagte er, außer dem Musical *Grease* wären die meisten Stücke zu teuer und nicht besonders gut. Er meinte, er könne sich ganz gute Stücke im Fernsehen anschauen. Wenn sie von den Restaurants in New York sprach, erwiderte er, die traditionelle Küche seiner Mutter wäre immer noch die beste.

„Bis jetzt konnte ich noch mit niemandem so gut darüber sprechen wie mit dir", sagte sie zu Chris. „Alle glauben, Chuck und ich wären füreinander wie geschaffen."
Chris hörte ihr wohlwollend zu, ohne sich dazu zu äußern. Als sie fertig war, fragte sie ihn: „Hast du denn eine Freundin?"
Er schüttelte den Kopf. „Ich habe seit der Mittelschule sehr viele Mädchen kennengelernt", erzählte er, „aber in meiner Schule galt es als blöd, Pärchen zu bilden. Wir waren immer mit einer ganzen Clique unterwegs. Ich bin nie so richtig mit einem Mädchen gegangen. Nein, ich habe keine Freundin, und schon gar keine so hübsche wie dich."
Wie angenehm und wohltuend es ist, so etwas von ihm zu hören, dachte sie.
„Dein Problem kann man doch recht einfach lösen", sagte er zu ihr. „Wenn du mit deinem Freund Chuck nicht glücklich bist, so mach doch Schluß mit ihm."
Sie lachte lauthals. „So einfach ist das in einer kleinen Stadt nicht", erklärte sie ihm. „Seine und meine Eltern sind befreundet. In einer Kleinstadt sind alle mehr oder weniger aufeinander angewiesen. Man trifft sich in der Kirche, auf kulturellen Veranstaltungen, auf Stadtversammlungen. Wenn ich Chuck zurückweise, weise ich damit auch seine ganze Verwandtschaft zurück. Abgesehen davon mögen meine Eltern ihn gern. Sie würden ihn gern als Schwiegersohn sehen."
„Aber was ist mit dir, Kathy? Ich hoffe, du wirst doch nicht bis an dein Lebensende mit jemandem zusammenleben, nur weil deine Eltern ihn gern haben? Schon mal was von Liebe gehört?"
„Ich weiß", antwortete sie, „aber ich hoffe immer noch, das heißt, ich habe immer noch gehofft, daß ich Chuck eines Tages doch lieben werde. Im Herbst werde ich siebzehn, und im nächsten Juni werde ich mit der Schule fertig. Bis dahin kann sich noch manches ändern. Vielleicht werde ich ihn dann lieben, und alles ist in Ordnung. Jedenfalls möchte ich erst einmal aufs College gehen, in einer anderen Stadt. In den

Filmen, die ich gesehen habe, ist es oft passiert, daß sich zwei Menschen schon seit Jahren geliebt haben, ohne sich dessen bewußt zu sein, und eines Tages zündet der Funke, und es wird ihnen klar. Was hältst du davon?"

„Ich halte das für sehr unwahrscheinlich", antwortete er. „Nach meiner Erfahrung ist dieser Funke entweder sofort da oder überhaupt nicht. Und wenn er nicht gleich von Anfang an da ist, dann ist alles für die Katz. Dann wird er auch nie kommen."

„Wie kommt es, daß du solch ein großer Experte bist", hänselte sie ihn, „wo du doch auch erst siebzehn bist? Woher weiß du so viel über die Liebe?"

„Ich habe viel gelesen", sagte er, „und meine Mutter beobachtet. Ich weiß, du und deine Eltern, ihr findet es sehr seltsam, daß jemand viermal heiraten kann. Aber, Kathy, jedesmal, wenn meine Mutter geheiratet hat, dachte sie, jetzt hätte sie ihre große Liebe gefunden."

„Scheint ja nicht besonders gut geklappt zu haben", sagte Kathy ironisch.

„Das liegt nicht daran, daß sie aus Liebe geheiratet hat", erklärte ihr Chris, „sondern vielmehr daran, daß sie so eine unmögliche Person ist. Kein einziger Mann könnte, egal unter welchen Umständen, lange mit ihr zusammenleben, auch wenn sie sich beide anfangs sehr geliebt hätten. Aber obwohl sie ihre Glückssträhne noch nicht gefunden hat, sagt sie immer, daß das Schönste auf Erden die Liebe sei, und ich glaube, sie hat recht."

Er langte zu Kathy hinüber, nahm ihre Hand in die seine und begann sie sanft mit seiner anderen Hand zu streicheln. Ihr Herz klopfte bis zum Hals. Sie war wie betäubt, und ihr Kopf schien sich zu drehen. Dann nahm er ihre Hand, zog sie an seine Lippen und küßte sie. Sie hatte das Gefühl, als ob ihr Herz zerspringen würde. Das ist verrückt, sagte sie zu sich selbst, ich kenne ihn doch erst seit zwei Tagen.

Er ließ ihre Hand sinken, drehte sich zu ihr hin und fragte: „Kathy, willst du von jetzt an meine Freundin sein?"

Es war fast so, als ob jemand anders in ihr, ohne zu zögern, die Antwort gegeben hätte.
„Ja", sagte sie schnell. „Oh, ja!"
Sie saßen unter dem Baum und lächelten sich an, bis das Klingeln eines Kunden sie aufscheuchte und sie an die Arbeit zurückstürzten.
Chuck rief sie am Abend an, um sich mit ihr wie gewöhnlich für den Samstagabend zu verabreden. Sie bekam Schuldgefühle. Wie hatte sie Chris nur sagen können, daß sie seine Freundin sein wolle? Nachdem sie nun schon fünf Jahre lang mit Chuck zusammen war, wollte sie ihn nun wegen eines dahergelaufenen Jungen sitzenlassen, von dem sie so gut wie nichts wußte und den sie erst seit zwei Tagen kannte? Sie nahm sich vor, die Sache am nächsten Tag zu klären und Chris gegenüber standhaft zu sein. Sie würde nicht zulassen, daß er sie mit seinem Charme zu etwas verleitete, was sie nicht für richtig hielt.
Aber sie schob die Entscheidung noch vor sich her. Ich werde es ihm beim Mittagessen sagen, nahm sie sich am nächsten Tag vor.
„Ich habe gestern nacht Rehe in den Plantagen gesehen", erzählte ihr Chris bei der Arbeit.
„Ich weiß", sagte sie. „Ist es nicht ein Jammer? Zur Zeit brauchen wir uns keine Sorgen deshalb zu machen, weil sie überall genug Futter finden, aber im Winter sieht das anders aus. Mein Vater hat etwas entdeckt, das sie von den Apfelbäumen fernhält und zudem nichts kostet. Rate mal, was es ist!"
„Keine Ahnung", lachte er. „Eine Vogelscheuche?"
„Ja, eine Art Vogelscheuche", erklärte sie. „Und zwar echtes Haar. Wenn jemand Apfelsaft kauft, bitten wir ihn, uns die leeren Plastikflaschen möglichst zurückzubringen. Wir geben kein Pfand und sind sicher, daß er versteht, daß wir sie nicht wiederverwenden werden. Wir schneiden den Flaschenhals ab und füllen sie mit echtem Haar. Niemand weiß, warum das klappt, aber, obwohl die Rehe im tiefsten Winter absolut keine

Nahrung finden, werden sie sich trotzdem nicht in die Nähe der Haare wagen."

„Ich wette, vor deinem Haar könnten sie nicht widerstehen", sagte er, streckte seinen Arm aus und strich ihr mit seiner Hand über den Kopf.

Ihr Herz begann wieder ganz schnell zu schlagen. Wie wunderbar er war! Wie sollte sie ihm nur sagen, daß sie nicht seine Freundin sein konnte?

„Jetzt muß ich dir nur noch ein paar Kleinigkeiten erklären", sagte sie sachlich, „und dann haben wir es geschafft. Die Preise für die Äpfel stehen auf den Steigen, aber wenn die Leute sie selbst pflücken, bekommen sie sie für die Hälfte. Wir geben ihnen die Steigen, damit wir sehen können, wieviel Äpfel sie gepflückt haben. Laß sie nicht ihre eigenen Körbe benutzen, denn oft täuscht man sich in der Menge, und wir riskieren ganz schöne Verluste. Du kannst den Kunden ruhig vorschlagen, daß sie sich ihre Äpfel selbst pflücken, denn wir haben dann weniger Arbeit, und vielen macht es wirklich Spaß.

Dieser Honig kommt aus unseren eigenen Bienenstöcken. Wir verkaufen ihn in Ein-, Zwei- und Fünf-Pfund-Behältern. Es ist günstiger, vier Liter Apfelsaft zu kaufen als zwei Liter. Vergiß nicht, die Kunden darauf hinzuweisen. Bei dem Vier-Liter-Kanister sparen sie 30 Cent. Hier ist Mehl, das wir von einer Mühle mit echtem Steinmahlwerk bekommen. In den Tüten ist jeweils ein Kilogramm mehr, und wir führen Buchweizen, Maismehl und noch viele andere Sorten Mehl."

Der allmorgendliche Ansturm von Kunden kam ihr gerade recht, denn so mußte sie ihre endgültige Entscheidung noch nicht treffen, und sie behandelte Chris bis zur Mittagspause kühl und förmlich. Sie schlossen den Laden nicht, da noch Kunden kommen konnten, und setzten sich mit ihren belegten Brötchen und dem Apfelsaft auf das kleine Stück Rasen vor dem Laden.

„Stimmt irgend etwas nicht, Kathy?" fragte er, nachdem sie

zu essen begonnen hatten. „Du bist heute ganz anders als gestern. Habe ich etwas falsch gemacht?"
Wie konnte sie jemanden abweisen, der so reizend zu ihr war?
„Nein", antwortete sie, „du hast nichts falsch gemacht. Es liegt an mir. Ich habe dir gesagt, daß ich mit dir gehen möchte, aber ich weiß, daß es gar nicht möglich ist. Nachdem ich gestern abend mit Chuck gesprochen habe, ist mir klar geworden, daß ich ihm das nicht antun kann."
„Wahrscheinlich hast du recht", sagte er traurig. „Ich weiß sowieso nicht, wie lange ich hier bleiben kann. Ich hätte dich wohl besser nicht fragen sollen. Aber solange ich hier bin, können wir doch Freunde bleiben. Okay?"
„Na klar", antwortete sie und wünschte, er hätte nicht so schnell aufgegeben.
Am Abend erzählte ihr Vater ihr, daß er am nächsten Wochenende nicht dasein werde. „An der Cornell-Universität findet eine Tagung zum Thema Endrin statt. Das Innenministerium hat der Universität Zuschüsse in Höhe von 1,3 Millionen Dollar für die Erforschung alternativer Methoden zur Schädlingsbekämpfung bewilligt, und die Apfelzüchter haben mich gebeten, sie dort zu vertreten."
„Wie toll, Papa!" rief Kathy. „Das ist wirklich eine Ehre. Ich bin richtig stolz auf dich."
„Allerdings", fügte Mrs. Wright hinzu, „möchte dein Vater, daß ich ihn begleite und wir uns einen kleinen Urlaub gönnen."
„Wunderbar", platzte Stephan dazwischen. „Wird auch Zeit, daß ihr beide einmal zusammen wegfahrt."
„Ja, Stephan hat recht", stimmte Kathy zu. Sie konnte sich nicht erinnern, wann ihre Eltern sich das letzte Mal solch eine kleine Erholungspause geleistet hatten.
„Aber", fügte Mrs. Wright hinzu, „ich möchte euch eigentlich nur ungern allein lassen."
„Um Himmels willen, Mama, du scheinst zu vergessen, daß ich schon fast siebzehn bin."

„Und ich bin auch alt genug, um auf mich selbst aufzupassen", fügte Stephan hinzu.
„Ich mache mir nur Sorgen, weil Chris hier ist, und – du hattest recht, Kathy – wir kennen ihn wirklich noch sehr wenig."
„Nein, Mama, ich habe mich geirrt. Du brauchst dir bestimmt keine Gedanken zu machen, weil wir mit ihm allein sein werden."
„Außerdem", unterstrich Stephan, „wird Chuck doch wie immer am Samstagabend kommen, oder nicht?"
„Natürlich", sagte Kathy gelangweilt.
„Also in Ordnung", stimmte Mrs. Wright zu. „Ich werde einen Truthahn vorkochen, und ihr vier könnt Samstagabend zusammen hier essen." Kathy wußte, daß ihre Eltern beruhigt wegfahren würden, da sie wußten, daß Chuck wie gewöhnlich dasein würde. Sie fuhren Samstag früh um sechs Uhr ab, und Stephan kam in den Laden, um ihr und Chris zu helfen. In der Mittagspause holte er das Essen, das Mrs. Wright für sie zubereitet hatte. Während sie aßen, schwatzte er weiter auf Chris ein.
„War deine Mutter tatsächlich viermal verheiratet?" fragte er ihn. Aus irgendeinem Grunde schien dieses Thema eine besondere Faszination auf ihn auszuüben. Aber Kathy war zufrieden, daß er diese Frage stellte, denn auch für sie war dieses Thema fremd und aufregend. „Oder hast du uns nur einen Bären aufgebunden?" fragte Stephan.
„Ich würde euch doch nichts vormachen", sagte Chris. „Wieso interessiert dich das eigentlich so sehr? Hast du vor, mehrmals zu heiraten?"
„Ich will überhaupt nicht heiraten", erklärte Stephan. „Die einzigen Frauen, die ich mag, sind Kathy und Mama. Wie konnte deine Mutter vier Männer finden, die sie liebten?"
„Das wundert mich auch", gab Chris zu, „und es überrascht mich nicht nur, daß vier Männer sie geliebt haben, sondern daß überhaupt einer sie geliebt hat."
„Seltsam, daß du so von ihr sprichst", mischte sich Kathy ein.

„Magst du sie denn nicht, Chris?"
„Nein, eigentlich mag ich sie nicht", antwortete er und lachte kurz auf. „Sie ist nicht besonders liebenswert. Ich schätze, daß ich sie auf meine eigene Art liebe. Schließlich ist sie ja meine Mutter. Ich glaube, daß auch sie mich auf ihre eigene, besondere Art und Weise lieb hat. Aber sie hat eine seltsame Art, es mir zu zeigen."
„War dein Vater ihr erster Mann?" fragte Kathy.
„Nein, er war die Nummer drei. Er ist seit fünfzehn Jahren tot, und nach seinem Tod hat sie noch einmal geheiratet. Meine Mutter ist fast zwanzig Jahre älter als eure, und ich glaube, das Alter spielt da eine große Rolle. Meine Mutter ist unmöglich. Ihr könnt euch glücklich schätzen, eine so geduldige und nette Mutter zu haben."
Wieder brachten sie seine Worte zum Nachdenken. Das erste Mal hatte er sie angeregt, über Chuck nachzudenken, und jetzt machte er ihr klar, daß sie in Mrs. Wright anscheinend eine sehr gute Mutter hatten. Sie wußten das wohl zu schätzen, aber sie zeigten es ihr zu wenig.
„Ich konnte kaum fassen, daß sie uns vor ihrer Abreise noch das Abendessen vorgekocht hat", erzählte Chris.
„Meine Mutter ist aber nicht immer geduldig", entgegnete Stephan. „Oft schreit sie mich an, weil mein Zimmer nicht aufgeräumt ist, oder sie verlangt, daß ich Milch trinke, wenn mir nicht danach ist."
„Wenn sie in solchen Fällen ungeduldig ist, finde ich das ganz in Ordnung", tröstete ihn Chris und strich ihm übers Haar.
„Kümmert sich deine Mutter denn gar nicht um dich?" fragte Kathy vorsichtig.
„Nein", antwortete Chris. „Aber das Schlimmste an ihr ist, daß sie so launisch ist. Sie benimmt sich wie ein verwöhntes Kind. Sobald ihr irgend etwas nicht paßt, rastet es bei ihr aus. Ich vergleiche sie immer mit den Geysiren im Yellowstone-Nationalpark. Urplötzlich kann sie sich vergessen, und man weiß

nie, wann und warum es wieder passiert. Das macht mich wirklich ganz nervös, und auch keiner ihrer Ehemänner konnte sich daran gewöhnen. Wenn sie so übel gelaunt ist, vergißt sie, daß es noch andere Menschen außer ihr auf der Welt gibt. Wenn sie einen ihrer Anfälle hat, vergißt sie ihren Stolz und ihre Hemmungen. Sie kümmert sich keinen Deut mehr darum, ob jemand sie hört oder sieht."

Unbewußt langte Kathy zu ihm hinüber und nahm seine Hand, um ihn zu trösten. Sie war froh darüber, daß er nie erfahren würde, wie wenig sie ihn zu Anfang gemocht hatte.

„Jedenfalls", erzählte er weiter, „fragte sie mich gegen Ende des Schuljahres, wie ich die Sommerferien verbringen würde, und ich antwortete ihr, daß ich nur zu Hause bleiben, ein paar Freunde besuchen, schwimmen, lesen und ins Kino gehen wolle. Da fing sie an zu schreien, daß ich mit einer Jugendgruppe durch die USA reisen solle. Sie war wütend, daß ich nicht wegfahren wollte, aber ehrlich gesagt hatte ich es satt, das ganze Jahr über jeden Tag verplant zu sein. Schließlich habe ich dann kapiert, warum sie sich so aufregte. Sie hatte einen neuen Freund und wollte mich aus dem Weg haben."

„Wird sie vielleicht zum fünften Mal heiraten?" fragte Stephan.

„Wer weiß", Chris zuckte mit den Achseln.

„Du hast uns noch gar nicht erzählt, wie du hier zu uns gekommen bist", bemerkte Kathy.

„Schicksal", antwortete er und sah sie dabei an. Sie fühlte, wie ihre Wangen erglühten.

„Sie fuhr übers Wochenende weg", berichtete Chris, „und so wollte ich eine große Party für meine Schulfreunde veranstalten."

„Da spricht doch nichts dagegen?" sagte Kathy verwundert. „Ich finde Partys toll."

„Die Party hättest du nicht toll gefunden", meinte er. „Viele betranken sich, und meine Mutter kam völlig unerwartet, als das Fest in vollem Gange war, nach Hause. Als sie die ganze

Bescherung sah, bekam sie einen ihrer Ausbrüche und setzte kurzerhand alle meine Freunde mitten in der Nacht auf die Straße. Da schnappte ich mir meinen Rucksack und ein paar Kleidungsstücke und machte mich aus dem Staub. Das Schlimme ist nur, daß ich nicht viel Geld habe. Wenn ich dageblieben wäre, wäre sie mir am nächsten Tag bestimmt um den Hals gefallen und hätte sich bei mir entschuldigt, und dann hätte sie mich mit in die Stadt geschleppt und mich ganz neu eingekleidet. Sobald sie sich abgeregt hat und sich wieder vertragen will, meint sie, die anderen müßten auch dazu bereit sein. Sie hat immer geglaubt, daß ich ihr alles verzeihe, wenn sie mir etwas schenkt.
Aber diesmal habe ich mir vorgenommen, ihr nicht so schnell zu vergeben. Schließlich hat sie mich vor allen meinen Freunden blamiert. Ich weiß nicht, wie ich mich ihnen gegenüber jetzt verhalten soll. Das ist auch der Grund, warum ich dieses Jahr nicht mehr zur Schule gehen wollte. In jener Nacht haute ich ab und übernachtete bei einem Freund, und am nächsten Tag stellte ich mich an die Straße, um zu trampen. Jetzt weißt du, wie es kam, daß das Schicksal mich hierher verschlagen hat."
„Glaubst du nicht, daß sie sich Sorgen macht?" fragte Kathy.
„Nein", sagte er und schloß damit dieses Thema ab.
Den ganzen Tag über mußte Kathy an das bevorstehende Abendessen denken. Einerseits fand sie es sehr spannend und aufregend, andererseits hatte sie aber auch ein bißchen Angst davor. Es war aufregend, mit zwei Jungen, die sie beide gern hatten, zu Abend zu essen, aber sie fragte sich auch, wie die beiden sich wohl verstehen würden. Ob Chuck in Chris einen Rivalen sehen und wenn ja, wie er reagieren würde. So schwerfällig wie er war, konnte er doch sehr ungemütlich werden, wenn er in Zorn geriet.
Am liebsten wäre es ihr gewesen, wenn Chuck überhaupt nicht gekommen wäre. Ihre Eltern hätten sie aber niemals mit Chris allein gelassen, wenn sie nicht gewußt hätten, daß auch Chuck

kommen würde. Chuck hatte schon oft bei ihnen in Stephans Zimmer übernachtet, und bestimmt würde er diesmal auch dort schlafen, obwohl er am Sonntagmorgen früh aufstehen und zur Kirche gehen mußte. Chris, Stephan und sie würden den ganzen Tag im Laden arbeiten, da sie am Sonntag immer am meisten zu tun hatten. Es schien fast so, als ob sie trotz der Abwesenheit ihrer Eltern mit Chris nicht einmal für kurze Zeit allein sein würde.

Sie ließ Chris und Stephan im Laden weiterarbeiten und ging ins Haus, um das Essen vorzubereiten. Stephan hatte im Garten ein paar Dahlien gepflückt, und sie stellte sie in einer Vase auf den Tisch. Dann wärmte sie die Sauce für den Truthahn auf, machte noch einen frischen grünen Salat und mischte ein paar Fleischtomaten aus Stephans Gemüsegarten darunter. Sie schob ein tiefgefrorenes Brot und einen Apfelkuchen in den Ofen und dünstete den selbstgezogenen Mais und die Zucchini. Wieder ertappte sie sich dabei, wie sie sich insgeheim wünschte, Chuck möge sich in Luft auflösen. Allein schon der Gedanke an ihn stimmte sie trübsinnig. Sie erinnerte sich, daß sie in der Schule einmal über das Zeitempfinden gesprochen hatten. Der Lehrer hatte versucht, ihnen den individuell unterschiedlichen Begriff von Zeit durch die Frage zu veranschaulichen, wie langsam die Zeit vergeht, wenn man beim Zahnarzt ist, und wie schnell sie dagegen verrinnt, wenn man seiner Lieblingsbeschäftigung nachgeht.

Sie übertrug diese Vorstellung nun auf Chuck und Chris. Chuck kannte sie, solange sie zurückdenken konnte, und hatte ihn noch vor einer Woche, kurz bevor Chris kam, gesehen. Aber jetzt konnte sie sich nur noch so vage und ungenau an ihn erinnern, als ob sie ihn schon seit ewigen Zeiten nicht mehr gesehen hätte. Einen Augenblick lang konnte sie sich sogar kaum noch daran erinnern, wie er aussah, welche Farbe seine Augen und Haare hatten. Chris dagegen war erst seit sehr kurzer Zeit da, aber jede Minute, die sie ihn kannte, hätte sie in den prächtigsten Farben wiedergeben können. Sie erinnerte sich an jede Kleinigkeit, an den Klang seiner Stimme, seine Art zu sprechen und sein Aussehen. Sie hatte das Gefühl, als hätte sich sein Bild unauslöschlich in ihre Erinnerung eingeprägt.

Sie hörte Chucks Wagen vorfahren, blickte aus dem Fenster über der Spüle und beobachtete ihn mit gemischten Gefühlen, wie er auf die Haustür zuging. Sein Gang war schleppend. Nicht eine Spur von Chris' Leichtfüßigkeit. Dick war er nicht. Ganz und gar nicht. Er spielte in der Fußballmannschaft ihrer Schule, und obwohl die Jungen alle wie Profifußballer aussahen, hatten sie noch nie ein Spiel gewonnen. Er bewegte sich so langsam und schwerfällig, als ob er eine große Last zu tragen hätte. Ohne anzuklopfen trat er ein, denn er ging schon seit Jahren bei ihnen aus und ein und gehörte fast zur Familie.

„Hallo", begrüßte er sie.

„Hallo", antwortete sie.

„Riecht gut hier."

„Mamas Truthahn."

„Kann ich helfen?"

„Nein, alles schon fertig."

„Ich bin hundemüde."

„So", sagte sie.

„Und nächste Woche fängt auch noch die Schule wieder an. Keine Ahnung, wie ich das alles schaffen soll. An der Tankstelle arbeiten, in der Fußballmannschaft trainieren und für die Schule lernen. Am liebsten würde ich die Schule sausen lassen, aber meine Mutter wäre sauer, wenn ich keinen Abschluß hätte. Was meinst du dazu?"

„Du mußt weitermachen", sagte sie. „Dir fehlt nur noch ein Jahr. Es wäre eine Schande, jetzt aufzugeben. Außerdem willst du vielleicht doch eines Tages aufs College gehen."

„Bestimmt nicht. Ich werde mich nie wieder in eine Schulbank klemmen, wenn es nicht unbedingt sein muß. Und außerdem habe ich etwas ganz anderes vor..."

Sie antwortete nicht.
„Alles, was ich will, ist, dich heiraten und ein Haus für uns kaufen."
„Verlaß dich nicht darauf", erwiderte sie, „ich möchte hier weg und aufs College gehen."
„Vielleicht überlegst du es dir doch noch anders, wenn wir erst einmal mit der Schule fertig sind", sagte er hoffnungsvoll, „denk mal darüber nach Kathy. Wir könnten eine große Familie haben, sagen wir sechs Kinder. Ich liebe große Familien, vor allem bei Festen wie Weihnachten, Ostern und dem Erntedankfest. Ich möchte zwei Farbfernseher haben, damit es nicht dauernd Streit über das Programm gibt. Und ich möchte genug Zeit zum Jagen, Fischen und für meinen Motorschlitten haben. Aber vor allem will ich mein eigenes Haus, damit ich meine Ruhe habe und keiner mir einreden kann, ich müsse lesen, studieren und Examen machen. Ich will einfach mein eigener Herr sein."
Sie fand, daß es jetzt an der Zeit war, sich mit ihm auszusprechen. „Chuck, ich muß dir etwas sagen, und du mußt es mir glauben. Ich werde dich nicht heiraten. Niemals. Ich bin nicht das richtige Mädchen für dich. Ich würde dich nicht glücklich machen."
„Das hast du früher auch schon gesagt, Kathy", antwortete er, „aber in Wirklichkeit meinst du es nicht so. Du wirst es dir schon noch anders überlegen."
„Ich meine es genau so, wie ich es sage", sagte sie wütend. „Ich möchte, daß du anfängst, auch mit anderen Mädchen auszugehen. Bitte, Chuck, wir passen nicht zusammen."
„Aber wir beide verstehen uns doch prima."
„Nein, eben nicht", antwortete sie, „wir passen schon jetzt nicht zusammen, und wenn wir verheiratet wären, wärst du unglücklich und ich auch."
„Du wirst deine Meinung ändern, wenn wir erst einmal verheiratet sind", sagte er überzeugt.

„Wir wollen nicht mehr darüber reden, o. k.?“ fragte sie.
„In Ordnung“, stimmte er zu. Er ging hinüber zum Tisch und schnitt sich eine Scheibe Brot ab.
„Für wen ist der vierte Platz?“ fragte er.
„Mein Vater hat einen Jungen eingestellt, der im Laden arbeitet. Er kam zufällig per Autostop hier vorbei“, erklärte sie ihm und versuchte, ihrer Stimme einen neutralen, gleichgültigen Klang zu geben. „Er wohnt über der Garage.“
„Und wieso ißt er mit euch zusammen?“ fragte Chuck.
„Das ist so abgemacht“, antwortete sie und wich Chucks Blick aus. „Er erhält Kost und Logis und einen sehr geringen Lohn.“
„Warum läßt er sich denn auf so etwas ein?“ Chuck ließ nicht locker.
„Er ist nicht glücklich bei sich zu Hause“, erklärte sie.
„Ich dachte, dein Vater könnte sich keine Hilfe im Laden leisten“, beharrte Chuck.
„Ich habe dir doch schon gesagt, daß wir ihm weniger bezahlen, als wir irgendeinem anderen geben müßten“, antwortete sie und versuchte, ihren Ärger zu unterdrücken.
„Wie lange wird er hierbleiben?“
„Bis der Frost kommt“, sagte Kathy. „Sein Zimmer hat keine Heizung, und der elektrische Heizofen wird nicht ausreichen.“
„Was ist das für ein Junge?“ war Chucks letzte Frage.
„Er ist in Ordnung, glaube ich“, sagte Kathy sachlich.
Chuck schaltete den Fernseher ein und ließ sich in den Lehnstuhl ihres Vaters sinken, während Kathy zwischen Küche und Eßzimmer hin und her lief, um das Essen aufzutragen. Es wäre ihm nie in den Sinn gekommen, ihr in der Küche zu helfen. Sie hörte die Haustür zuklappen, und Chris und Stephan kamen herein.
„Die Kunden sind von Chris ganz begeistert“, erzählte Stephan. „Wir haben praktisch alles verkauft. Er bringt die Leute sogar dazu, etwas zu probieren, was sie noch nie zuvor gegessen haben.“

„Schau mal, was für ein schönes Geschenk ich mitgebracht habe", rief Chris ihr entgegen. Beide hatten Chuck, der in dem großen Lehnstuhl saß, noch nicht gesehen.
Ach du lieber Himmel, dachte Kathy. Ich hätte sie warnen sollen. Aber jetzt ist es zu spät. Das Malheur ist schon passiert.
„Chuck ist da", rief sie fröhlich. Stephan wirbelte um ihn herum. „Heja, Chuckie, altes Haus", rief er und schwenkte Chucks Arm auf und ab. Chuck und er waren schon immer gute Freunde gewesen. „Das ist Chris", sagte Stephan. „Er arbeitet seit kurzem bei uns."
„Hallo", sagte Chuck mürrisch.
„Guten Tag", gab Chris zurück. „Freut mich, dich kennenzulernen. Und jetzt, Kathy, zeige ich dir das Geschenk. Ich bin gestern extra deswegen in die Stadt gefahren." Triumphierend hielt er zwei Flaschen Wein hoch. Auf dem Etikett stand: Cabernet Sauvignon Robert Mondavi.
„Soll ich sie in den Kühlschrank stellen?" fragte Kathy. Sie wollte ihm nicht sagen, daß ihre Eltern noch nie eine Flasche Wein zum Abendessen gekauft hatten. Normalerweise tranken sie Apfelsaft und zu besonderen Gelegenheiten Bier, und in den Ferien genehmigten sie sich manchmal ein Gläschen Whisky. Aber Wein zu trinken, paßte einfach nicht zu ihrem Lebensstil.
„Auf keinen Fall", wehrte Chris ab. „Wir müssen die Flaschen öffnen, damit der Wein sich entfalten kann. Ich habe noch diesen Korkenzieher gekauft, da ich nicht wußte, ob ihr einen habt."
Es war ein wunderschöner Korkenzieher aus Metall, den man genau oben auf der Flasche aufsetzen konnte. Als Chris an dem Griff drehte, schraubte sich die Spirale langsam in den Korken hinein, und auf beiden Seiten gingen kleine Arme in die Höhe. Als die Arme ganz oben waren, drückte sie Chris ganz einfach wieder nach unten, und der Korken kam heraus.
„Mensch, das ist toll", sagte Stephan bewundernd.

„Darf ich die zweite Flasche öffnen?"
„Klar doch", willigte Chris ein und sah Stephan zu, der es genauso geschickt machte wie er selbst. Chuck beobachtete sie schweigend. Er war etwas verwirrt, weil er sich von dem Geschehen ausgeschlossen fühlte.
„Kommt zu Tisch", unterbrach Kathy sie.
„Wenn du den Wein einschenkst, Chuck", bat ihn Chris auf seine kühle Art, „helfe ich Kathy, den Truthahn zu zerlegen, denn darin habe ich Übung."
„Für mich keinen Wein", sagte Stephan und goß sich wie gewöhnlich Apfelsaft ein.
„Acht Dollar und neunundvierzig Cent!" rief Chuck entsetzt aus, als er die Preisschilder auf den beiden Weinflaschen sah. „Kaum zu glauben. Wie kann man nur so verrückt sein und so viel Geld für Wein ausgeben?"
„Es geschehen immer noch Wunder", erwiderte Chris ironisch, während er den Truthahn so geschickt wie angekündigt zerlegte.
Auch Kathy war etwas verstört, weil er so viel Geld ausgegeben hatte. Wahrscheinlich wollte er ihr imponieren und ahnte nicht, daß sie einen teuren Wein nicht von einem billigen unterscheiden konnte. Sie hoffte, daß er nicht auch so ein Herumtreiber war, wie einige ihrer Arbeiter, die ihren Wochenlohn regelmäßig am Samstagabend in den Kneipen verjubelten. Es war wirklich dumm, ohne einen Penny zu ihnen zu kommen und dann so unachtsam mit dem Geld umzugehen. Chuck würde bestimmt nie so unverantwortlich handeln.
„Ich weiß nicht, ob Kathys Eltern das recht wäre", wandte sich Chuck an Chris. „Sie sind der Ansicht, daß Jugendliche nicht trinken sollten."

„Ich würde das nicht ‚trinken' nennen", entgegnete Chris, „aber wenn es dich stört, dann kannst du den Wein ja stehenlassen. Vielleicht wäre dir Bier lieber gewesen?"
„Absolut nicht", wehrte Chuck ab. „Bei uns gibt es oft Wein

zum Essen, weil meine Mutter Italienerin ist, aber du kannst sicher sein, daß sie nie im Leben so viel Geld dafür ausgeben würde. Bei Kathys Eltern hingegen gibt es überhaupt keinen Wein."

„Dann wollen wir wenigstens anstoßen", sagte Chris und hob sein Glas. „Ich trinke auf das Wohl des hübschesten Mädchens auf allen Apfelplantagen." Er prostete ihr zu und leerte dann sein Glas.

„Mir scheint, du bist ein komischer Kauz, Junge", sagte Chuck und kippte sein Glas ebenfalls hinunter.

„Ich glaube zwar nicht, daß sie wirklich so hübsch ist", kicherte Stephan, „aber ein Glas Apfelsaft trinke ich jederzeit gerne auf ihr Wohl."

Gott sei Dank war Stephan so ungezwungen, dachte sie, als ihr Bruder während des ganzen Essens eifrig weiterschwatzte. Wäre er nicht gewesen, so wäre es wohl ein trister und langweiliger Abend geworden. Aber vielleicht tat auch der Wein noch das Seine. Jedenfalls stocherte Chuck anfangs unmutig in seinem Teller herum und beobachtete Chris abwartend wie ein Stier den Matador. Aber nachdem beide ein paar Gläser Wein getrunken hatten, entspannte sich die Atmosphäre.

„Ich muß jetzt das Geschirr abwaschen", erklärte Kathy, nachdem sie das Essen mit Kaffee und Apfelkuchen beendet hatten.

„Nein", widersprach Chris. „Komm, wir wollen erst den Wein austrinken, und dann packen wir alle mit an, Kathy, und machen den Abwasch zusammen."

„Ich habe Lust fernzusehen", meinte Stephan.

„Gute Idee", stimmte auch Chuck zu und klang schon etwas betrunken.

Chris steckte sich beim Fernsehen eine Zigarette an.

„Mach sie lieber wieder aus", ermahnte ihn Stephan. „Du weißt, wie mein Vater darüber denkt."

„Er hat Angst, daß ein Feuer ausbricht, aber da ihr alle drei aufpaßt, kann gar nichts passieren", entgegnete Chris.

„Was meinst du dazu, Kathy?" fragte Stephan.
Sie hatte noch nie zuvor so viel getrunken und fühlte sich sehr entspannt. Ihr schien, als wäre dies einer der glücklichsten Momente in ihrem Leben.
„Laß ihm für heute einmal seinen Spaß", sagte sie zu Stephan. „Es ist so ein wunderbarer Abend."
„Ich glaube, du bist ein bißchen betrunken", bemerkte Stephan. „Aber wenn du meinst, will ich auch nichts dagegen sagen. Eigentlich ist es ja gar nicht so schlimm, wenn er aufpaßt und Papa es nicht erfährt."
Bevor sie dazu kamen, das Geschirr abzuwaschen, fing schon die Samstagabend-Show an. Kathy hatte allmählich Mühe, ihre Augen offenzuhalten, und bevor die Sendung zu Ende war, war sie auch schon eingeschlafen. Sie wachte auf, als Stephan sie am Arm rüttelte und flüsterte: „Wach auf, schnell."
Sie stand auf und rieb sich die Augen. Chris und Chuck schliefen beide noch fest, der eine auf der Couch und der andere im Lehnstuhl. Sie selbst war in dem anderen Lehnstuhl vor dem Fernseher eingeschlafen.
„Ich kann es gar nicht fassen", wunderte sie sich, „es ist schon Morgen, und ich habe die Küche immer noch nicht fertig."
„Und es kommt noch schlimmer", fügte Stephan hinzu. „Mama und Papa sind draußen und kommen gerade herein."
Sie saß müde da und bereitete sich innerlich auf die Standpauke ihres Vaters vor.

4

„Was geht hier vor?" fragte ihr Vater. Vom Klang seiner ärgerlichen Stimme wachten auch Chris und Chuck auf. Sie richteten sich auf und sahen genauso benommen und übernächtigt aus wie Kathy.

„Wie spät ist es?“ fragte Chuck besorgt.
„Zehn Uhr“, knurrte Mr. Wright.
„O je, da muß ich schleunigst weg“, sagte Chuck. „Für den Gottesdienst ist es schon zu spät, aber jetzt muß ich zur Tankstelle.“
„Du kannst gehen“, entließ ihn Mr. Wright. „Ich werde von diesen beiden hier eine Erklärung bekommen.“
Er ging zum Couchtisch hinüber, nahm die beiden leeren Weinflaschen und betrachtete sie empört, bevor er sie demonstrativ in den Papierkorb fallen ließ. Dann ging er wieder zum Couchtisch zurück, wo der Aschenbecher mit mindestens zehn von Chris' Kippen stand. „Rauchen“, knirschte er und schüttete den Aschenbecher im Papierkorb aus, „trotz meines strikten Verbots.“
Mrs. Wright war in die Küche gegangen und kam nun wieder ins Wohnzimmer. „Du solltest einmal sehen, was in der Küche für ein Chaos herrscht“, entrüstete sie sich. „Die Speisereste sind auf den Tellern und in den Töpfen angetrocknet. Man wird Stunden brauchen, um das wieder sauber zu bekommen.“
„Stephan, du gehst sofort mit Chris in den Laden hinüber“, ordnete Mr. Wright an. „Du weißt, wie wichtig der Sonntag für uns ist. Kathy, du machst die Küche sauber. Wenn die Küche und das Eßzimmer sauber sind, will ich mit dir sprechen.“
Schuldbewußt rannte sie nach oben und duschte. In den nächsten beiden Stunden putzte sie die Küche so sauber wie nie zuvor. Zuweilen, wenn sie daran dachte, daß ihr Vater Chris wegschicken könnte, kamen ihr fast die Tränen. Als sie fertig war, ging sie bangen Herzens ins Wohnzimmer.
„Setz dich“, forderte sie ihr Vater auf. „Dann wollen wir mal anfangen. Haben wir dir erlaubt, Alkohol zu trinken?“
„Nein“, antwortete sie.
„Woher hattet ihr den Wein?“
„Chris hat ihn mitgebracht, um auch etwas zum Essen beizutragen.“

„Bist du denn nicht auf die Idee gekommen, ihm zu sagen, daß du nicht trinken darfst?"
„Ich dachte, nur dieses eine Mal würde es nichts ausmachen", erklärte sie betreten. „Bei Chuck zu Hause wird sehr häufig zu den Mahlzeiten Wein getrunken."
„Ich bin aber sicher, daß dort nicht drei Personen zwei Flaschen leeren. Außerdem geht es uns nichts an, was Chucks Eltern machen." Kathy wußte, warum er Alkohol so verabscheute. Sein Vater war Alkoholiker gewesen.
„Zudem", fuhr er fort, „hast du zugelassen, daß hier geraucht wurde, wo du genau weißt, wie gefährlich das hier ist und ihr obendrein noch alle betrunken wart. Wer hat eigentlich geraucht?"
„Wir alle drei", antwortete sie. Es tat ihr leid, auch Chuck zu belasten, aber sie dachte, jetzt käme es wohl auch nicht mehr darauf an.
„So, so", sagte ihr Vater. „Stell dir vor, einer von euch wäre mit einer brennenden Zigarette in der Hand eingeschlafen. Was hätte da alles passieren können!"
„Aber es ist nichts passiert", sagte sie. „Gar nichts. Und die Küche habe ich auch wieder in Ordnung gebracht, und jetzt könntest du aufhören, so viel Aufhebens von etwas zu machen, was für andere Jugendliche ganz normal ist. Ehrlich gesagt bist du dabei, dieses Haus in ein Gefängnis zu verwandeln."
„Hör mal, Kathy, hältst du mich wirklich für so naiv, daß mir nicht auffallen würde, daß es da einen Zusammenhang zwischen diesen ungewöhnlichen Ereignissen und der Anwesenheit von Chris gibt?"
Sie bekam einen panischen Schreck. „Das ist nicht wahr", widersprach sie heftig. „Chuck hat den Wein mitgebracht, nicht Chris. Chris hat damit nichts zu tun."
„Durch Lügen machst du die Sache nur noch schlimmer", sagte ihr Vater. „Chuck hat noch nie eine Flasche Wein mitgebracht. Warum sollte er es dann jetzt plötzlich tun? Und selbst wenn er

eine Flasche gekauft hätte, so doch bestimmt keine so teure mit einem französischen Etikett. Hör bitte auf, mir solche Lügenmärchen aufzutischen, Kathy. Ich habe schon genug Probleme und keine Kraft mehr, mich auch noch mit solch pubertärem Unsinn abzugeben. Wenn es noch einmal so einen Zwischenfall gibt, muß Chris gehen. Wenn dir also etwas an seiner Hilfe im Laden liegt, mußt du dafür sorgen, daß er unsere Arbeit hier nicht mehr stört. Ist das klar?"

„Ja", antwortete sie.

„Gut. Geh jetzt hinüber in den Laden und schicke mir Stephan her. Auch er soll noch etwas von mir zu hören bekommen. Wenn er als einziger von euch vieren nüchtern war, hätte er etwas unternehmen müssen."

„In Ordnung, Papa", sagte sie. „Ehrlich, so etwas wird nie wieder vorkommen. Das verspreche ich dir. Erzähl mir, was es Neues auf der Tagung gab."

„Nichts besonders Erfreuliches", antwortete er düster. „Den Schätzungen eines Vertreters des regionalen Landwirtschaftsausschusses zufolge belaufen sich allein die durch Wühlmäuse verursachten Verluste auf 1,5 bis 4,5 Millionen Dollar pro Jahr. Aber der Sprecher des Amtes für Umweltschutz setzte dem ein schlagendes Argument entgegen", sagte Mr. Wright müde. „Endrin soll bei Säugetieren und anderen Lebewesen Schäden am Zentralnervensystem hervorrufen. Es könnten sogar Geburtsfehler bei hochentwickelten Säugetieren, einschließlich dem Menschen, auftreten. Wenn das stimmt, wollen wir es natürlich nicht mehr benutzen."

„Damit war die Sache erledigt", fügte Mrs. Wright hinzu. „Und deshalb konnten wir schon so früh wieder zurückfahren. Die Sitzungen für den heutigen Tag wurden abgesagt. Wir sind um sechs Uhr aufgestanden und haben unterwegs gefrühstückt."

„Oh, Papa", Kathy brach in Tränen aus. „Es tut mir schrecklich leid, daß wir dir auch noch Ärger gemacht haben. Bitte, verzeih mir." Sie lief zu ihm hin und schlang ihre Arme um ihn.

„Ist schon recht." Er klopfte ihr sanft auf den Rücken. „Geh jetzt rüber arbeiten. Wir werden nicht mehr davon sprechen."
„Du sollst zu Papa kommen", sagte sie zu Stephan. „Danach brauchst du nicht wieder herzukommen. Du kannst mit deinen Freunden schwimmen gehen. Chris und ich schaffen es schon."
„Ist er böse?" fragte Stephan.
„Zuerst ja, aber jetzt ist alles schon wieder in Ordnung. Du brauchst keine Angst zu haben."
„Mir scheint, da habe ich ganz schön was angerichtet", sagte Chris, „und es tut mir wahnsinnig leid, Kathy. Kannst du dir vorstellen, wie sehr ich das alles bedauere?"
„Wir sind jetzt um eine Erfahrung reicher. Ich glaube, Papa wird es uns nicht nachtragen, wenn wir nie wieder trinken und rauchen."
„Ich will mein Bestes tun", versprach Chris.
„Oh, Chris, ich hatte solche Angst um dich, um uns. Ich glaubte, Papa würde dich ganz bestimmt wegschicken."
„Würde es dir denn wirklich so viel ausmachen?" fragte er.
„Du kannst dir nicht vorstellen, wie schlimm es für mich wäre. Es wäre einfach schrecklich. Durch dich sind diese langweilige Arbeit und diese öde Stadt hier wieder schön geworden. Mit dir kann ich mich besser unterhalten als mit irgend jemand anderem. Ich weiß nicht, was ich tun würde, wenn du fortgingest."
„Ich gehe nicht fort, Kathy. Das verspreche ich dir. Ich werde so lange hier bleiben, wie du und deine Eltern es wollen."
Er war aus dem Nichts zu ihnen gekommen und versprach, so lange zu bleiben, wie sie ihn brauchten und bei sich haben wollten. Das erinnerte sie ein bißchen an den Roman „Shane", den sie in der Mittelschule gelesen hatte. Sie mußte an die Verfilmung des Buches denken, wo der Junge dem Helden der Geschichte nachrief: „Shane, komm zurück!" Ihre Augen füllten sich mit Tränen, als sie daran dachte, wie einsam sie ohne Chris gewesen war. Aber er hatte versprochen, nicht wegzugehen.

Während der nächsten Stunden arbeiteten sie, fast ohne miteinander zu sprechen, zusammen. Sie brauchten nicht viele Worte, um sich zu verstehen. Die Wärme, die vom anderen ausging, genügte ihnen. Ich habe mir nichts sehnlicher gewünscht, als diesem Leben und der Arbeit hier zu entrinnen, dachte sie, und nun stehe ich hier, und mit Chris an meiner Seite scheint es mir ein wundervolles Abenteuer zu sein.
Das Wetter war schön, ihre Eltern hatten ihr verziehen, es hatte keine Auseinandersetzung mit Chuck gegeben, und der Laden lief gut. Dieser ganz gewöhnliche Augustsonntag, an dem ich wie immer hier im Laden arbeite, sagte sie sich, ist der glücklichste Tag in meinem Leben.
Um halb zwei, als sie schon fast ganz ausgehungert waren, brachte Mrs. Wright ihnen Brote, die sie mit Truthahnfleisch und mit Gurken- und Tomatenscheiben belegt hatte.
„Tut mir leid, was gestern abend passiert ist", entschuldigte sich Chris, als er Mrs. Wright zur Begrüßung umarmte.
„Schon gut", antwortete sie. „Wir wollen nicht mehr davon reden."
„Wie war es auf der Tagung?" fragte er sie.
„In Sachen Endrin nicht gerade erfolgreich", berichtete sie, „und jetzt scheinen auch noch die vielen Rehe und Hirsche zu einem Problem zu werden. Die Obstanbauer müssen große finanzielle Verluste aufgrund der von Rehen und Hirschen angerichteten Schäden hinnehmen. Einer schätzte seine Verluste auf einen halben Dollar pro Baum, ein anderer berichtete, er hätte bei ausgewachsenen Bäumen und bei Neuanpflanzungen insgesamt zehntausend Dollar verloren. Es scheint fast so, als ob die Schwierigkeiten nie aufhören wollten."
„Aber trotzdem fällt es schwer, an so einem wunderschönen Tag traurig zu sein, nicht wahr?" versuchte Chris sie aufzuheitern, und sie stimmte lachend zu.
Den Rest des Tages beobachtete Kathy Chris liebevoll, freute sich, wie er mit Kunden scherzte, geschäftig hin- und herlief

und so sehr darauf bedacht war, Umsatz zu machen, als ob ihm der Laden gehöre.
Am Abend nach dem Essen gingen Kathy und Chris, ganz selbstverständlich, ohne sich vorher abgesprochen zu haben, hinaus und spazierten Hand in Hand durch die Apfelplantagen.
„Dies ist der schönste Fleck auf der ganzen Welt", sagte er und hielt zärtlich ihre Hand.
„Wenn du nicht hier bist, ist es gar nicht schön. Dann gibt es nur viel harte Arbeit."
Es war Vollmond, ein schöner, runder, gelber Mond, und sie waren trunken vor Freude, daß es ihr vorkam, als wolle ihr Herz zerspringen. Es war eine purpurne, duftende Nacht. Sie fühlte, wie sich ein wohliges, aufregendes Gefühl in ihrem Körper ausbreitete und sie gleichzeitig glücklich und bang machte. Als Chris stehenblieb, sich ihr zuwandte und ihr Kinn sanft zu sich zog, begann ihr Herz wild zu schlagen, und sie konnte kaum noch atmen. Wie warm war seine Hand und wie wunderbar vertraut. Ein nie gekanntes, prickelndes Gefühl überkam sie, es war verwirrend und etwas beängstigend. Sie wollte etwas sagen oder tun, irgend etwas, um dieser verblüffenden Zärtlichkeit Ausdruck zu verleihen. Er beugte sich zu ihr und küßte sie. So hatte sie noch nie jemand geküßt. Es war ihr erster richtiger Kuß. Eine Weile blieben sie in dem angenehmen Dunkel stehen und hielten sich fest in den Armen.
„Wir gehen jetzt besser zurück", sagte sie schließlich. „Sonst wundern sich meine Eltern noch, wo wir geblieben sind."
In enger Umarmung schlenderten sie wieder zum Haus zurück. Vor dem Haus blieben sie stehen. „Ich liebe dich, Kathy", sagte er.
„Und ich liebe dich", antwortete Kathy.
„Gute Nacht", flüsterte sie, und verwirrt über das, was in ihr vorging, lief sie schnell ins Haus und hinauf auf ihr Zimmer. Er sah, wie sie verschwand, drehte sich um und ging zu sei-

nem Zimmer über der Garage. Einmal blieb er noch kurz stehen, um noch einen letzten glücklichen Blick auf den vollen Mond zu werfen.
Sie lag im Bett und dachte vor dem Einschlafen noch nach. Im Moment war es für sie das Allerwichtigste, daß Chris ihren Eltern keinen Anlaß bot, ihn fortzuschicken. Andererseits mußte sie darauf achten, daß sie ihre Gefühle kontrollierte, und auch ihm mußte sie raten, sich zurückzuhalten.
Ihre Eltern würden nicht verstehen können, daß solch ein Sturm in ihr tobte. Vernünftige Menschen können Leidenschaft nie verstehen. Ihre Eltern wären der Meinung gewesen, daß sich Romeo und Julia übertrieben, undiszipliniert und dumm verhalten haben. Ihr Lehrer hatte ihnen erzählt, daß Shakespeare die beiden in seinem Stück als sehr jung beschrieben hat, um ihre alles vergessende Leidenschaft glaubwürdiger erscheinen zu lassen, und daß es daher eine Verfälschung von Shakespeares Idee sei, die Rollen an ältere Schauspieler zu vergeben.
Aber in einem plötzlichen Freudentaumel wurde ihr klar, daß sie sich genau das schon immer gewünscht hatte. Während der ganzen Zeit, die sie mit Chuck zusammen war, hatte sie sich nach solch einem Gefühl des Verliebtseins gesehnt. Es war wunderbar und sehr aufregend, so verliebt zu sein, und sie würde alles tun, damit diese Idylle durch nichts gestört würde.
Am nächsten Morgen stürzte sie die Treppe hinunter zum Frühstück und war außer sich vor Freude, als sie ihn am Tisch sitzen sah.
„Fang mich doch", rief sie übermütig, und laut lachend rannten sie beide im Zickzack hinüber zum Laden. Kurz bevor sie ankamen, griff er sie und zog sie zu sich heran.
„Gehörst du mir?" fragte er ungestüm.
„Das weißt du doch", antwortete sie, „für immer und alle Zeiten."
Er warf seinen Kopf in den Nacken und lachte laut.
Montags kamen nur wenige Kunden in den Laden. An solchen

Tagen wurden die Regale wieder aufgefüllt. Einer der Männer, die im Hinterraum arbeiteten, hatte ein Radio. Es spielte gerade laute Rockmusik, so daß Chris und Kathy mitten in der Arbeit zu tanzen anfingen. Als der Tanz zu Ende war, fielen sie sich gegenseitig lachend in die Arme, und gerade in diesem Moment kam Chuck herein. Einen Augenblick lang stand er da und beobachtete sie schweigend.

„Hallo", begrüßte ihn Kathy betreten. „Ich dachte, du würdest heute arbeiten."

„Heute ist mein freier Tag", sagte er ärgerlich. „Ich bin gekommen, weil es da noch einiges wegen vorgestern abend zu klären gibt. Hör zu, Kathy, ich will wissen, was hier gespielt wird. Ich dachte, du wärest meine Freundin.

Wir gehen schon seit der Mittelschule miteinander, und du weißt genau, daß ich schon für ein Haus und für viele andere Dinge spare. Ich kann einfach nicht verstehen, daß sich alles in so kurzer Zeit geändert haben soll. Ich werde mich nicht aufregen und werde mich nicht schlagen, aber ich möchte jetzt ganz genau wissen, was eigentlich los ist."

„Das habe ich dir neulich schon versucht zu erklären", sagte Kathy. „Wir passen einfach nicht zusammen, Chuck. Ich will dir nicht weh tun und möchte gerne, daß wir Freunde bleiben, aber in meinem tiefsten Innern habe ich wirklich noch nie vorgehabt, dich zu heiraten. Wir sind zu verschieden. Das habe ich dir schon so oft gesagt."

„Ist es seinetwegen?"

„Chris hat nichts damit zu tun. Ich habe auch nicht vor, ihn zu heiraten. Nach der Schule gehe ich fort von hier, aufs College."

„Wie lange wird er hierbleiben?"

„Ich sagte dir schon, bis der erste Frost kommt."

„Dann wirst du keinen Freund mehr finden", warnte sie Chuck. „Du wirst keinen Partner für den Silvesterabend und für den Abschiedsball haben."

„Dieses Risiko muß ich eingehen."

„Ich verstehe das immer noch nicht“, sagte Chuck. „Bis er hier auftauchte, war alles in Ordnung. Er hat dir den Kopf verdreht, Kathy. Ich sage dir, wie gewonnen, so zerronnen. Er wird genauso plötzlich aus deinem Leben verschwinden, wie er hineingetreten ist. Dann bist du für den Rest des Jahres allein, aber du kannst dann nicht mehr zu mir zurückkommen. Du wirst niemanden mehr haben. Es gibt viele schöne Fische im Meer, Kathy, und es gibt auch viele Mädchen, die froh wären, wenn ich sie nur anschauen würde.“
„Gut“, sagte Kathy. „Gibt es sonst noch etwas? Wenn nicht, würden wir beide wohl besser weiterarbeiten.“
„Alles klar. Das ist deine Entscheidung, und du mußt sehen, wie du damit fertig wirst. Bis demnächst mal.“
„Was hältst du davon?“ fragte Chris sie, als Chuck wieder fort war.
„Ganz wohl fühle ich mich nicht bei der Sache“, antwortete sie. „Einerseits tut es mir wirklich leid. Chuck war immer sehr nett zu mir. Aber andererseits bin ich auch ein bißchen stolz auf mich. Zum allerersten Mal mußte ich eine Entscheidung treffen. Bis heute verlief mein Leben glatt und planmäßig nach dem althergebrachten Schema: Heim, Familie, Schule, Freund. Mir ist schon ein bißchen mulmig zumute, aber ich fühle mich jetzt erwachsener.“
Später, als sie gerade beim Essen zusammensaßen, sagte Kathy beiläufig: „Ich habe übrigens mit Chuck Schluß gemacht.“ Sie wußte, daß ihre Eltern in Anwesenheit von Chris nichts sagen würden.
„So?“ Ihre Mutter warf ihr einen fragenden Blick zu. „Warum denn?“ fragte Stephan. „Das war wirklich dumm von dir. Er wollte mich doch zum Zelten mitnehmen.“
„Ich bin noch zu jung, um so fest mit jemandem befreundet zu sein“, antwortete sie.
„Aha“, sagte ihr Vater und sah Chris dabei vielsagend an. Kathy wußte, daß sie genau gemerkt hatten, was los war.

„Nun gut, Liebling", schloß ihre Mutter das Thema ab. „Das ist deine Entscheidung." Und das war alles, was sie im Moment dazu sagten.
„Ich habe über dich nachgedacht, Chris", wandte sich ihr Vater an Chris. „Ich denke, du solltest deine Mutter doch anrufen. Sag ihr wenigstens, wo du bist."
„Ich möchte nicht, daß sie weiß, wo ich bin", entgegnete Chris. „Als nächstes wird sie nämlich über uns alle in ihrer beleidigenden Art herfallen."
„Aber Chris", beschwichtigte ihn Mrs. Wright, „so schrecklich, wie du sagst, kann sie doch gar nicht sein."
„Sie ist sogar noch schlimmer", widersprach er ruhig. Am Klang seiner Stimme konnte Kathy hören, daß er sich sehr zusammennehmen mußte, um ihren Eltern nicht zu sagen, sie sollten sich nicht in seine Angelegenheiten einmischen. Ihre Augen trafen sich, und sie warf ihm einen flehenden Blick zu. Er verstand sie sofort. Kaum merklich nickte er ihr zu, und sie freute sich, daß es jemanden gab, mit dem sie sich stillschweigend verstehen konnte, so, als ob es eine geheime Verbindung zwischen ihnen gäbe.
„Also gut", widerwillig gab er schließlich nach. „Wenn Ihnen so viel daran liegt, werde ich sie anrufen und die Kosten für das Gespräch auf ihre Rechnung gehen lassen."
Er ging in die Küche, und Kathy hörte ihn sprechen, konnte aber nicht verstehen, was er sagte.
„Ist alles in Ordnung?" fragte Mrs. Wright, als er wieder ins Speisezimmer kam.
„Sie ist weg", antwortete er kurz. „Ich habe ihr ausrichten lassen, daß es mir gut geht."
Kathy konnte sehen, daß er unglücklich und böse war. Er wirkte auch wieder so arrogant und unverschämt wie am ersten Tag, als sie sich allein schon über sein Auftreten maßlos geärgert hatte. „Bitte entschuldigen Sie mich jetzt." Ohne eine Miene zu verziehen, ging er zur Haustür hinaus.

Kathy lief ihm nach und rief: „Soll ich mitkommen?"
Aber er schüttelte nur den Kopf und entfernte sich schnell in Richtung der Plantagen.
„Ich kann mir nicht vorstellen, was seine Mutter für eine Frau ist, daß der arme Junge so deprimiert ist", wunderte sich Mrs. Wright. „Aber wo er nun gerade weg ist, möchte ich gerne noch ein bißchen mehr über die Sache mit Chuck wissen, Kathy."
„Besprecht das ohne mich", sagte Stephan und lief die Treppen hinauf in sein Zimmer.
„Ich habe ihm schon oft gesagt", erzählte Kathy, „daß ich ihn nicht heiraten werde, sondern daß ich aufs College gehen will. Und genau das will ich auch jetzt noch, und heute habe ich es ihm noch deutlicher gesagt als sonst."
„Werdet ihr Freunde bleiben?"
„Ich glaube kaum", antwortete Kathy, und dann wurde nicht mehr davon gesprochen. Wie gewöhnlich lenkten ihre Eltern die Unterhaltung auf ihre Arbeit. Ein Tornado, der in der Gegend gewütet hatte, hatte einem ihrer Freunde in der nächsten Stadt das Dach von seinem Lagerhaus gefegt, aber sonst keinen weiteren Schaden angerichtet.
Kathy ließ sie allein und ging hinaus, um Chris zu suchen. Sie sah, daß in seinem Zimmer Licht brannte, ging die Treppe hinauf und klopfte an die Tür.
„Herein", rief er. Er lag rauchend auf dem Bett und starrte an die Decke.
„Papa würde fuchsteufelswild werden, wenn er wüßte, daß du hier rauchst!" schimpfte sie.
„Soll er doch", erwiderte er. „Im Moment brauche ich gerade eine Zigarette. Dein Vater reagiert in dieser Hinsicht etwas überzogen, Kathy. Ich bin kein kleines Kind mehr."
„Ich verstehe dich einfach nicht, wenn du so bist. Ich kann mir nicht vorstellen, daß du mich noch heute morgen geküßt hast und mich gefragt hast, ob ich deine Freundin bin, und jetzt bist du so abweisend."

„Tut mir leid. Es ist wegen meiner Mutter. Kannst du dir vorstellen, daß sie wegfährt, ohne eine Nachricht zu hinterlassen, wo sie hingefahren ist, und sich überhaupt keine Gedanken darüber macht, was ich wohl dazu sagen würde."
„Du hast genau das gleiche gemacht", sagte Kathy ruhig. „Wahrscheinlich hast du es von ihr gelernt."
Er sah sie einen Augenblick lang erstaunt an, schüttelte dann verwundert den Kopf und lachte kurz auf. „Das stimmt. Ich habe mich genauso verhalten, wie sie sich immer verhält. Das ist schon ein bißchen erschreckend, wenn wir selbst genau das tun, was wir bei anderen kritisieren, nicht wahr?"
Seine gute Laune war augenblicklich wiederhergestellt. Er setzte sich auf, sah Kathy an und drückte seine Zigarette aus.
„Hör zu", sagte sie und wurde nervös. „Wir gehen besser draußen ein wenig spazieren. Wegen meinen Eltern, weißt du. Sie würden nicht wollen, daß ich mich hier in deinem Zimmer aufhalte. Nur ein kleiner Spaziergang. Morgen muß ich sehr früh aufstehen, um mit dem Bus in die Schule zu fahren. Ich finde es schrecklich, den ganzen Tag von dir getrennt zu sein, Chris. Ich wünschte, du würdest dich dazu entschließen, morgen mit mir in die Schule zu gehen. Dann würde ich dich allen meinen Freunden vorstellen, und du würdest dich keinen Augenblick lang als Außenseiter fühlen."
„Mir gefällt die Vorstellung auch nicht, dich den ganzen Tag lang nicht zu sehen", sagte er. „Aber zur Zeit habe ich mit der Schule absolut nichts im Sinn. Vielleicht ändere ich später einmal meine Meinung."
„Willst du denn nicht aufs College?" fragte sie.
„Nicht unbedingt und nicht jetzt sofort", antwortete er. „Wenn ich will, kann ich in ein paar Jahren immer noch gehen."
„Gibt es denn keinen Beruf, der dir Spaß machen würde, wenn du erwachsen bist?" fragte sie.
„Wer sagt denn, daß ich überhaupt erwachsen werde", sagte er scherzhaft. „Mir liegt so wenig daran, aufs College zu gehen,

weil es mir das, was ich am liebsten tun und lernen will, nicht bieten kann. Ich möchte gern reisen, Tennis spielen und reiten. Ich möchte in Buchhandlungen und Plattenläden herumstöbern. Ich möchte ins Theater und ins Kino, in Museen und in gute Restaurants gehen. Warum sollte ich also aufs College gehen wollen, wo es doch all diese Dinge nicht gibt?"
„Aber wie willst du dir denn deinen Lebensunterhalt verdienen?" fragte sie.
„Im Augenblick verdiene ich durch die Arbeit bei deinen Eltern genug, um davon ganz gut leben zu können. Später werde ich mir dann eine andere Arbeit suchen. Meine Mutter wird einen Bekannten anrufen, vielleicht in einer Werbeagentur, und man wird mir dort einen Job geben. Wenn ich mich bewähre, werde ich fest eingestellt."
„Aber willst du nicht selbst etwas leisten?" Sie ließ noch nicht locker.
„Was für eine altmodische Ausdrucksweise", sagte er neckend. „Was meinst du damit, etwas leisten? Was soll ich denn leisten? Ich bin schon jetzt etwas. Ich will weder Arzt noch Anwalt noch ein Topmanager werden. Ich möchte auch nicht mein ganzes Leben lang unterrichten oder Bücher schreiben oder mich mit Zahlen herumschlagen müssen. Ich möchte einfach nur Musik hören, das Leben genießen."
„Das ist eine schreckliche Philosophie", sagte Kathy. „Ich habe sehr viele Herumtreiber hier bei uns kommen und gehen sehen, die wahrscheinlich die gleichen Ansichten haben wie du, und zum Schluß sind sie alle in der Gosse gelandet. Sie trinken, haben entweder keine oder sehr arme, unglückliche Familien und werden von niemandem geachtet. Sie leben so, wie es in dem Gedicht ‚Der Tod eines Gelegenheitsarbeiters' von Robert Frost geschildert wird. Dort geht der arme, alte Farmarbeiter Silas auf seine letzten Tage zu einer Farm zurück, deren Besitzer noch nicht einmal Verwandte von ihm sind, sondern nur weil diese Leute nett zu ihm waren, als er bei ihnen arbeitete. Als wir

das Gedicht in der Schule lasen, bekam ich eine Gänsehaut, weil ich hier so viele Arbeiter kennengelernt habe, auf die das Gedicht genau zutrifft. Für ihre Kinder ist es furchtbar, immer von Ort zu Ort zu ziehen, sich nirgendwo richtig einleben zu können und sich immer als Außenseiter zu fühlen. Ich fände es schrecklich, wenn es dir auch so ergehen würde."
„Ganz bestimmt nicht." Er lachte. „Es ist ein Unterschied, ob man eine Zeitlang herumzieht oder ob man sein ganzes Leben lang kein richtiges Zuhause hat. Und es ist ein Unterschied, ob man es aus freien Stücken tut oder ob es eine Notwendigkeit ist."
„Aber stell dir einmal vor, mein Vater würde so denken wie du", entgegnete sie ihm. „Da würde es keine Äpfel geben. Außerdem könnte er dann seine Familie nicht ernähren."
„Richtig", stimmte ihr Chris zu. „Aber genau das ist der springende Punkt. Er muß für eine ganze Familie sorgen, wohingegen ich zur Zeit nur an mich selbst denken muß."
Und was ist mit mir? dachte Kathy und fühlte sich einen kurzen Augenblick lang von ihm verlassen. Gleichzeitig fühlte sie so etwas wie Angst in sich aufsteigen, und mit einem Mal glaubte sie zu wissen, daß sie ganz tief in ihrem Unterbewußtsein fürchtete, sie würde eines Morgens aufwachen und entdecken, daß Chris fort wäre. Genauso plötzlich, wie er gekommen ist, wird er auch wieder verschwinden. Wie gewonnen, so zerronnen, hatte Chuck gesagt.
Allein durch die wenigen Worte: „Ich muß nur an mich selbst denken", die Chris entschlüpft waren, wurde ihr klar, daß sie nicht ein Teil von ihm war, daß sie in seinem Innern nicht so einen festen Platz gefunden hatte wie er bei ihr. Aber der Gedanke daran, daß er fortgehen könnte, war so unerträglich, daß sie ihn schnell beiseiteschob.

Am nächsten Morgen begleitete Chris sie und Stephan zur Bushaltestelle. „Es ist ein komisches Gefühl", sagte er zu ihr,

„zum ersten Male in meinem Leben gehe ich nicht nach den großen Ferien zusammen mit allen anderen wieder in die Schule."

„Es ist noch nicht zu spät", drängte Kathy. „Du kannst mit uns den Bus nehmen, in die Schule kommen und dich anmelden."

Er schüttelte den Kopf. „Nein, ich bleibe besser hier. Ich werde heute abend auf dich warten, Liebling."

„Versprichst du es?" fragte sie mit zitternder Stimme.

„Ich verspreche es", wiederholte er. „Machst du dir Sorgen wegen Chuck?"

„Nein", sie versuchte ihrer Stimme einen gleichgültigen Klang zu geben, „es ist nicht wegen Chuck. Nur, daß du nicht in meiner Nähe bist."

„Ich werde hier sein", versicherte er ihr und schien zu verstehen, worauf sie hinauswollte. „Du kannst ganz beruhigt sein."

„Denk an mich."

„Ich kann überhaupt nicht aufhören, an dich zu denken", antwortete er. „Du hast die Leere in meinem Herzen erst ausgefüllt."

Und wieder hatte er ihr so etwas Schönes gesagt, wie es jedes Mädchen gern hören würde. Aber keiner der Jungen von hier würde sich trauen, so etwas zu sagen. Komisch, daß Worte doch immer so wichtig waren. In der Schule im Englischunterricht hatten sie Cyrano de Bergerac gelesen, und sie konnte jetzt verstehen, was Roxanne empfand. Chuck und die anderen Jungen hatten eine nüchterne Art, sich auszudrücken, wohingegen Chris' Worte sehr poetisch klangen. Er stand immer noch da und sah ihr nach, als der Bus abfuhr.

„Kathy", riefen ihre beiden besten Freundinnen, und sie ging durch den Bus zu den Plätzen, auf denen Carol und Jennifer schon seit dem Kindergarten saßen. Carol war klein, untersetzt und dunkelhaarig. Sie war so gescheit, daß sie sicherlich dazu bestimmt werden würde, die Rede bei der Abschlußfeier zu halten. Ihre Eltern waren am College beschäftigt, dem einzigen größeren Arbeitgeber neben den Apfelplantagen. Ihr Vater arbeitete im Fachbereich Chemie, und ihre Mutter war die Assistentin des Dekans im Fachbereich für Geisteswissenschaften. Die Leute, die im College tätig waren, hatten einen etwas höheren sozialen Status als die Farmer und Apfelzüchter, aber für Carol waren diese Dinge unwichtig. Obwohl sie weder schlank noch hübsch war, strahlte sie eine Selbstsicherheit aus, um die Kathy sie beneidete. Ihr Vorbild war Margaret Mead, und, wie sie immer wieder sagte, Margaret Mead sah nicht gerade wie ein Mannequin aus.

„Wenn eine Anthropologin wie ein Mannequin aussähe", hatte sie einmal zu Kathy gesagt, „würde das wahrscheinlich ihre Arbeit bei den Eingeborenenvölkern erschweren. Zu schön zu sein, wäre für eine richtige Anthropologin doch nur ein Hindernis."

Kathy beneidete sie darum, daß sie sich in ihren Zielen und Wertvorstellungen schon so sicher war.

Jennifer war ganz das Gegenteil von Carol, und eigentlich waren die drei nur so gute Freundinnen geworden, weil sie schon seit Jahren Tag für Tag mit demselben Bus zur Schule fuhren. Der soziale Status der Familie, aus der Jennifer kam, war kaum besser als der von Saisonarbeitern. Sowohl ihre Mutter als auch ihr Vater tranken. Sie hielten sich mit ihrer kleinen Farm gerade so über Wasser. Jennifer war furchtbar mager und sah recht unglücklich aus. Sie war sich dessen bewußt, daß sie denkbar schlechte Voraussetzungen für ein glückliches Leben hatte. Sie war einzig und allein darauf aus, einen guten Ehemann zu finden, der sie ernähren konnte, um ihrem Elternhaus entfliehen zu können.

Die Mädchen umarmten sich gegenseitig und berichteten, was sie in den Ferien erlebt hatten. Carol war mit ihren Eltern in Israel auf einer archäologischen Ausgrabung gewesen, und Jennifer hatte zu Hause auf ihre jüngeren Geschwister aufgepaßt. An den Wochenenden hatte sie in dem Kaufhaus in der

Stadt gearbeitet. Kathy hörte den beiden zu, und als sie alles erzählt hatten, berichtete sie, was es bei ihr Neues gab.
„Ich habe mit Chuck Schluß gemacht", erzählte sie mit freudiger Stimme.
„Toll", sagte Carol überzeugt. „Er wäre dir dein ganzes Leben lang ein Klotz am Bein gewesen. Er ist schon so langweilig und mit lauter festgefahrenen Ansichten auf die Welt gekommen."
„Du bist verrückt", ereiferte sich Jennifer. „Er ist der beste Junge in der ganzen Schule. Trittst du ihn mir ab, Kathy?"
Kathy lachte lauthals. „Er gehört mir nicht, und ich kann schon gar nicht über ihn verfügen, Jen, aber wenn ich es könnte, würde ich es liebend gern für dich tun."
„Ich habe eine Idee", sagte Carol. „Ich werde eine Party geben, um die Dias von der Ausgrabung vorzuführen. Und ich werde Chuck anrufen und ihm sagen, er solle dich mitbringen, Jennifer."
Eine Träne rollte über Jennifers Wange. „Würdest du das wirklich tun? In meinem ganzen Leben hat noch nie jemand so viel für mich getan. Ist es dir denn nicht unangenehm?"
„Aber nein, bestimmt nicht", antwortete Carol lebhaft. „Jetzt fragt sich nur noch, wen du mitbringst, Kathy?"
Da erzählte Kathy ihnen, wie Chris zu ihnen gekommen war und wie sie sich ineinander verliebt hatten. „Donnerwetter", sagte Jennifer. „So eine romantische Geschichte habe ich noch nie gehört. Sieht er gut aus?"
„Und wie", schwärmte Kathy. „Aber wie ist es denn mit dir, Carol?"
„Das spielt keine Rolle, ob ich jemanden habe oder nicht", erklärte sie so selbstsicher, wie sie war. „Ich könnte ein paar von den Archäologiestudenten oder den Anthropologiestudenten einladen. Oder vielleicht sogar alle zusammen."
Ihr Selbstvertrauen war wirklich beeindruckend. Am nächsten Sonntagabend sollte also die Party stattfinden, und Kathy konnte es kaum abwarten, wieder zu Hause zu sein und Chris

alles zu erzählen. Sie war so aufgeregt, daß sie sich kaum auf den Unterricht konzentrieren konnte. Sie sah Chuck von weitem und winkte ihm zu, aber er tat so, als ob er es nicht gesehen hätte. Endlich war dann die Schule aus, und sie eilte nach Hause. Während der ganzen Busfahrt dachte sie: Er wird fort sein, er wird fort sein. Aber da stand er an den Briefkasten gelehnt und wartete auf sie. Sein blondes Haar schimmerte in der Sonne.

„Hui", sagte Jennifer bewundernd, „der ist aber super."

„Sieht gut aus", stimmte Carol ihr zu, nachdem sie ihn genau taxiert hatte. „Ich freue mich, ihn auf der Party kennenzulernen."

Kathy stieg mit Stephan aus dem Bus. „Hallo, Chris", rief Stephan und rannte ins Haus, wo Milch und Kekse auf ihn warteten.

Chris streckte ihr die Hand entgegen, und sie hätte vor Freude weinen können. „Hallo, Liebling", sagte er. „Du hast mir gefehlt." Hand in Hand gingen sie nebeneinander her. Ihr Herz klopfte schnell. Es war ein wunderschöner, sonniger Herbsttag. Die bunten Blätter, der blaue Himmel und die Wärme ihrer Hände schienen ihnen wie ein sanfter Traum zu sein. Warum könnte ich nur weinen bei all dem wunderbaren Glück, fragte sich Kathy. Sie bebte vor Erregung, fühlte sich Chris ganz nah.

Am Abend ging ihr Vater zu einer Versammlung der Apfelzüchter im Staat New York, wo entschieden werden sollte, was angesichts des Überangebots von Äpfeln und des dadurch verursachten Preisverfalls unternommen werden konnte. „Man könnte meinen, daß wir durch die Bevölkerungsexplosion gute Absatzchancen für die Äpfel hätten", brummte er unzufrieden. „Aber die Schwierigkeit ist der Transport. Chris, wenn der Mensch nur eine andere Energiequelle finden könnte als Öl und Kohle oder wenn wir Äpfel züchten könnten, die nicht von Pilzen und Insekten befallen werden, würden wir ein goldenes Apfelzeitalter erleben."

„Aber Papa", sagte Kathy, „Chris will doch nicht immer nur etwas von Äpfeln hören."
„Doch, Kathy", widersprach ihr Chris ernst. „Das interessiert mich sehr. Wirklich, ich habe mich noch nie für etwas so interessiert. Vielleicht könnte ich mich, wenn ich jemals die Schule beenden und aufs College gehen sollte, mit diesen Problemen befassen."
„Das wäre eine schöne berufliche Laufbahn", sagte ihr Vater. „Mir tut es heute noch leid, daß ich nicht aufs College gegangen bin und Landwirtschaft studiert habe. Ich hatte die Vorstellung, daß ich alles genauso wie meine Vorfahren machen könnte. Aber ich hätte mehr ausrichten können, wenn ich studiert hätte. So muß ich mich damit begnügen, Äpfel zu züchten."
„Soweit ich das beurteilen kann, haben Sie wirklich sehr viel getan", sagte Chris aufrichtig.
Kathy sah Chris an und hörte ihrem Vater zu. Würde Chris nie aufhören, sie zu überraschen? Gerade hatte er ihr noch erklärt, daß er kein Interesse habe, im Leben etwas zu erreichen, und nun unterhielt er sich ganz ernsthaft mit ihrem Vater über eine berufliche Laufbahn als Landwirt. Sie hatte das Gefühl, daß sie alle wie verzaubert waren, seit Chris da war. Durch ihn schien die Welt noch einmal so interessant zu sein. Vielleicht sollte auch sie einmal darüber nachdenken, ob die Landwirtschaft nicht auch etwas für sie wäre. Warum war sie nicht schon früher darauf gekommen? Wahrscheinlich, weil sie immer nur darauf aus war, in die Großstadt zu gehen. Aber in Huguenot zu leben mußte nicht unbedingt bedeuten, sich wie im Gefängnis zu fühlen. Ihre Eltern lebten so, weil sie finanzielle Schwierigkeiten hatten, aber ihr schien, daß sie selbst, wenn sie hier blieb, anders und besser leben konnte. In der Schule war sie in den naturwissenschaftlichen Fächern immer ebensogut gewesen wie in den geisteswissenschaftlichen. Und doch war es ihr nie in den Sinn gekommen, ein naturwissenschaftliches Fach zu studieren. Aber was sprach eigentlich dagegen? Sie stellte sich vor,

daß sie und Chris zusammenarbeiten und forschen würden, vielleicht so wie das Ehepaar Curie, das die radioaktiven Elemente entdeckt hatte.
Chris übte eine erstaunliche Wirkung auf die Menschen aus. Noch nie zuvor hatte ihr Vater davon gesprochen, daß er es bedauerte, eine so geringe Schulbildung genossen zu haben. Allein durch Chris' Anwesenheit kam vieles wieder in Bewegung; ihre Beziehung zu Chuck, ihr Verhältnis zu ihren Eltern und ihre eigene Lebensvorstellung. Sie fragte sich, warum sie es immer für besser gehalten hatte zu unterrichten, als sich mit Apfelzüchten zu beschäftigen. Beschämt stellte sie fest, daß sie den Lebensinhalt ihrer Eltern abgelehnt hatte und ebenso die nicht enden wollenden Probleme, die das Dasein eines Apfelzüchters mit sich brachte.

5

„Ich habe eine große Überraschung für euren Vater vorbereitet", erzählte Chris ihr, als er sie am nächsten Tag zum Bus begleitete. „Schau dir die Bäume an, wenn du heute von der Schule nach Hause kommst."
Als sie am Nachmittag mit dem Bus in die lange Straße einbogen, die von der Stadt zu ihrem Haus führte, griff Stephan ihren Arm und schrie vor Erregung kurz auf. Sie folgte mit ihren Augen seinem Zeigefinger und sah die Überraschung, von der Chris gesprochen hatte.
„Wenn Papa das sieht, wird er ganz schön wütend werden", meinte Stephan, und nervös kichernd stimmte sie ihm zu. An allen Bäumen, die die Straße säumten, hingen große Schilder mit folgenden Texten:

1) Wrights Äpfel: Vier bis sechs Wochen vor der Erntezeit wird nicht mehr gespritzt. Kaufen Sie bei Wright in der 32. Straße.

2) Wrights Äpfel: Die Gewerbeaufsicht für Lebensmittelläden befand *unsere* Äpfel als einwandfrei. Kaufen Sie bei Wrights in der 32. Straße.
3) An *unseren* Äpfeln werden Sie sich nicht vergiften. Kaufen Sie bei Wright in der 32. Straße.
4) Der Obstladen von Wrights wurde von der Baubehörde, dem Finanzamt, dem Gesundheits- und Arbeitsministerium als vorbildlich bezeichnet. Kaufen Sie bei Wright in der 32. Straße.

„Die Schilder sind lächerlich", sagte Kathy. „Jedermann weiß, daß die Gewerbeaufsicht die Äpfel jeder Plantage auf Gift untersucht. Die Äpfel von allen Plantagen bekommen ein amtliches Gütesiegel, und nirgendwo wird in der Blütezeit gespritzt."

Mr. Wright erfuhr von den Schildern anscheinend erst am Spätnachmittag, und als Chris zum Abendessen erschien, fiel er mit seinem ganzen aufgestauten Ärger über ihn her.

„Und wer hat diese Idee gehabt", schrie er, „diese lächerlichen Schilder ohne meine Erlaubnis aufzuhängen?"

„Es war meine Idee", gab Chris zu.

„Aber er hat sich vorher mit mir abgesprochen", log Kathy, „und ich habe ihm gesagt, daß er sie ruhig aufhängen könne, daß du dich über unsere Idee freuen würdest."

„Mich freuen?" schimpfte Mr. Wright weiter. „Wißt ihr überhaupt, was ihr da angerichtet habt? Vielleicht habt ihr an einem einzigen Tag das Zusammengehörigkeitsgefühl, das wir uns hier in diesem Tal so hart erkämpft haben, zunichte gemacht."

Er stampfte hinaus zu seinem Lieferwagen und kam mit einem Schild, das er abgenommen hatte, wieder herein. Darauf stand: „An *unseren* Äpfeln werden Sie sich nicht vergiften."

„Und was ist so schlimm daran?" fragte Kathy nervös.

„Offensichtlich muß ich sogar dir das noch erklären", murrte ihr Vater. „Das Schild unterstellt doch, wie du dir vielleicht vorstellen kannst, daß man sich an den Äpfeln von anderen Plantagen vergiften kann. Und gerade das wollen wir doch verhindern. Wir wollen ihnen vielmehr klarmachen, daß überhaupt keine Äpfel verkauft werden, an denen man sich vergiften könnte. Wir wollen die Vorstellung erst gar nicht in die Welt setzen, daß Äpfel Schadstoffe enthalten. Aber es geht nicht nur darum, was unsere Kunden denken werden. Ich schäme mich, wenn ich daran denke, was die anderen Apfelzüchter dazu sagen werden."

„Ich kann mir nicht vorstellen, daß sich jemand durch das Schild angegriffen fühlt", sagte Chris.

„Du hast doch von unserer ganzen Arbeit hier keine Ahnung, und daher ist es völlig gleichgültig, was du glaubst oder nicht."

„Aber alle mögen dich hier und vertrauen dir, Papa", versuchte ihn Kathy zu besänftigen.

„Und ich möchte, daß das auch so bleibt", fügte ihr Vater hinzu. „Sie werden denken, daß ich diesen verrückten Reklamefeldzug veranlaßt habe. Was du nämlich nicht weißt, Chris, ist, daß unser Problem nicht der Verkauf, sondern der Anbau der Äpfel ist. Wir Apfelzüchter arbeiten nicht gegeneinander, sondern wir haben damit zu kämpfen, daß Unwetter und Schädlingsbefall uns die Ernte verderben. Bei uns kommt es nicht so sehr darauf an, sich gegenseitig Konkurrenz zu machen, wie es in der übrigen Geschäftswelt üblich ist. Wir können einzig und allein durch Zusammenarbeit existieren."

„Ich wollte Ihnen doch nur helfen", sagte Chris niedergeschlagen.

„So eine Art von Hilfe brauchen wir hier nicht. Vielleicht ist so etwas in der Stadt angebracht, aber nicht hier auf dem Land. Wenn wir erst einmal damit anfangen, gegeneinander zu arbeiten anstatt zusammenzuhalten, dann können wir alles aufgeben. Wir lernen vom anderen und helfen uns gegenseitig. Obwohl du noch nicht lange bei uns bist, Chris, hast du dich sehr gut eingefügt, und wir mögen dich alle gern. Aber du arbeitest hier und damit basta. Wenn es noch einmal Schwierig-

keiten gibt, muß ich dich wegschicken. Ist das klar?"
„Ja, Mr. Wright", antwortete Chris.
„Gut, und jetzt nehmt ihr drei den Lieferwagen und entfernt alle Schilder von den Bäumen. Kathy wird fahren."
„Ich habe einen Führerschein", sagte Chris.
„Kathy wird fahren", wiederholte Mr. Wright noch einmal sehr eindringlich.
„Ja, Mr. Wright", antwortete Chris, aber Kathy merkte, daß er hinter seiner höflichen Antwort seinen Zorn versteckte. Aber er sagte keinen Ton, drehte sich um und ging hinaus zu dem Lieferwagen, hielt Kathy die Tür auf, schlug sie hinter ihr zu, stieg dann auf der anderen Seite ein und setzte sich neben Stephan.
„Ich meine, es war wirklich nett von dir, daß du uns helfen wolltest", sagte Stephan. „Du wolltest doch nur, daß unser Geschäft besser läuft."
„Er hat unrecht, das wißt ihr", sagte Chris kurz angebunden. „Aber das ist sein Problem und nicht meins. Ich bin ja nur vorübergehend hier. Ich weiß eigentlich gar nicht, warum ich mir überhaupt solche Mühe gebe."
Kathy schwieg und half den beiden anderen eifrig, die Schilder abzunehmen, um ihre Angst zu verdrängen. Er hatte genau das ausgesprochen, wovor sie sich so fürchtete. „Ich bin ja nur vorübergehend hier."
Als sie fertig waren, saßen sie eine Weile in dem Wagen, bevor sie wieder zurückfuhren, und Chris konnte eine Zigarette rauchen.
„Bist du immer noch böse?" fragte Stephan, um das Schweigen zu brechen.
„Ja, ein bißchen", gab Chris zu.
„Weil du viel Geld für die Schilder ausgegeben hast, nicht wahr?" fragte Stephan, aber Chris schüttelte den Kopf.
„Ich weiß, warum", sagte Kathy, „weil du ihn für undankbar hältst. Ist es nicht so? Aber er ist es nicht, Chris. Er versteht dich

schon, aber er steckt bis zum Hals in seinen Schwierigkeiten."
„Ich wollte so tun, als ob ich wirklich zur Familie gehörte", sagte Chris, und Kathy sah, daß es ihm schwerfiel, so etwas zu sagen. „Ihr könnt so froh sein, daß ihr einen Vater habt. Vielleicht wäre es das Beste, wenn ich jetzt wieder wegginge."
Kathy hatte plötzlich das Gefühl, ihr Herz würde stehenbleiben. „Sei doch nicht albern, Chris." Sie versuchte ruhig zu klingen und ihre Aufregung zu verbergen. „Es wird sich alles wieder einrenken."
„Ja, hör auf, dich zu ärgern", stimmte ihr Stephan zu. „Ich mag dich wirklich gern. Wir könnten so tun, als ob du mein Bruder wärst."
Endlich glitt ein Lächeln über Chris' Gesicht, und alle waren wieder guter Dinge. Dann erzählte Kathy ihm von der für Samstagabend geplanten Party, auf der Chuck und Jennifer sich näher kennenlernen sollten.
„Bist du sicher, daß du mich dahin mitnehmen willst?" fragte Chris unruhig. „Ich habe gerade das Gefühl, daß ich nur Unheil stifte."
„Es wird sicher alles gutgehen", beruhigte ihn Kathy. „Jennifer wird viel besser als ich zu Chuck passen. Es wäre wirklich eine Geschichte wie im Bilderbuch. Und ich bin furchtbar gespannt darauf, mit dir hinzugehen, Chris. So einen Jungen wie dich gibt es hier im ganzen Umkreis nicht."
„Also gut", sagte er widerwillig. „Hoffen wir, daß bis dahin nichts mehr schiefläuft und ich noch hier bin."
In der Nacht lag Kathy noch lange wach und dachte über seine Worte nach. Sie hatte sich einmal in der Schulbibliothek eine Novelle mit dem Titel „Ungleiche Liebesbande" ausgeliehen. Das Buch hatte ihr zugleich Angst gemacht und sie fasziniert. Eigentlich hätte sie aus dieser Geschichte lernen können, daß ihr so etwas nicht passieren durfte. Es handelte von einem Mann namens Philip, einem Maler, der sich in eine Frau mit Namen Mildred hoffnungslos verliebt hatte. So sehr er sich

auch bemühte, konnte er sie doch nicht vergessen, aber sie empfand nie eine so starke Liebe für ihn wie er für sie. Und so war Kathy davon überzeugt, daß Chris für sie lange nicht so viel empfand wie sie für ihn. Sie erinnerte sich noch genau an die Zeilen in dem Buch, die sie so verwirrt hatten. ‚Er war mit ihr nicht glücklich, aber ohne sie glaubte er nicht leben zu können. Er wollte nur neben ihr sitzen und sie unentwegt anschauen.' Genauso ging es ihr mit Chris. Sie fühlte sich diesem schönen fremden Jungen so nah, daß sie, wenn sie in der Schule war und ihn nicht in ihrer Nähe wußte, nur noch an ihn denken konnte. Ihre ständige Sorge war, er könne sich bei ihnen nicht mehr wohlfühlen. Als sie einmal von der Schule nach Hause kam, erzählte er ihr beiläufig, daß er an diesem Tag zum ersten Mal Äpfel gepflückt habe.

„Wie hat es dir gefallen?" fragte Kathy gespannt und erwartete, daß er ganz begeistert wäre.

„Überhaupt nicht", antwortete er kurz. „Es ist langweilig, macht gar keinen Spaß. Ich hatte diese romantische Vorstellung, daß es ganz toll sein müsse, mit meinen eigenen Händen zu arbeiten, aber es ist überhaupt nicht romantisch. Es ist einzig und allein anstrengend, ermüdend und langweilig und außerdem noch schlecht bezahlt."

„Aber es muß doch getan werden", versuchte sie ihn zu ermuntern. „Wenn es so schön wäre, Äpfel zu pflücken, würden es nicht gerade die Ärmsten in unserer Gesellschaft tun. Deshalb ist mein Vater so darum bemüht, ihnen das Leben zu erleichtern."

Äpfel wurden immer noch auf dieselbe Art und Weise gepflückt wie vor hundert Jahren. Man mußte sie mit einer schnellen Drehung vom Baum nehmen. Dabei durfte der Stiel auf keinen Fall von den Äpfeln abgerissen werden, weil sie sonst zu schnell verfaulten. Gleichzeitig mußte man darauf achten, daß der Zweig, an dem die Äpfel hingen, nicht beschädigt wurde, denn im nächsten Jahr würde er wieder neue Äpfel tragen. Die

Pflücker packten die Äpfel vorsichtig in Blechkisten, die innen mit Segeltuch ausgeschlagen waren. Bis zum Rand gefüllt, wogen sie ungefähr 30 Kilogramm. Aber das war noch nicht so schwierig, denn die Apfelpflücker konnten noch am Boden arbeiten. Wirklich schwierig wurde es erst, wenn man mit Trittleitern an die weiter oben wachsenden Äpfel herankommen mußte. Mit diesen Leitern zu hantieren, erforderte eine besondere Geschicklichkeit, denn man mußte sie senkrecht von Baum zu Baum tragen. Es gehörte sehr viel Übung und Geschick dazu, bis einem Pflücker die Arbeit leicht von der Hand ging. Kathy sagte zu sich selbst: Jetzt ist es soweit. Er wird weggehen. Chucks höhnische Worte „Wie gewonnen, so zerronnen" gingen ihr jetzt plötzlich nicht mehr aus dem Sinn.
„Mir macht das Pflücken nichts aus", sagte Stephan. „Am Samstag, wenn ich nicht zur Schule muß, gehe ich mit dir in die Plantagen und zeige dir, daß es ganz einfach ist, wenn man den Bogen erst einmal raus hat."
Guter Stephan, dachte Kathy. Wie sehr er doch ihrer Mutter ähnelte. Wie sie war er stets fröhlich und hilfsbereit.
Noch nie zuvor hatte sie sich soviel Sorgen gemacht wie jetzt. Bevor Chris kam, lebte sie so unbeschwert wie ein Kind. Sie fühlte sich sicher und geborgen und zweifelte nie daran, daß morgen die Welt noch genauso aussehen würde wie gestern und heute. Aber jetzt empfand sie diese Sicherheit nicht mehr. Zum ersten Mal wurde sie von ihren Lehrern ermahnt, weil sie unaufmerksam war. Ihre Hausaufgaben machte sie nur flüchtig, und die Schultage zogen wie im Traum an ihr vorbei. Ihre Stimmung richtete sich danach, wie Chris aufgelegt war. Wenn er trübsinnig war, war sie ängstlich und besorgt, kam er ihr aber freudestrahlend entgegen, versetzte sie sein warmes Lächeln fast in einen Glückstaumel.
Die ganze Woche lang sprachen sie und ihre Freundinnen über nichts anderes als über die bevorstehende Party.
„Ich habe Chuck eingeladen", berichtete Carol.

„Hoffentlich hast du ihm nicht gesagt, daß du ihn meinetwegen eingeladen hast." Jennifer schien beunruhigt zu sein.
„Mein liebes Mädchen", begann Carol, „sei doch nicht so borniert. Jungen sind keine Lebewesen von einem anderen Planeten, denen wir etwas vorlügen müssen. Natürlich habe ich ihm gesagt, daß ich ihn deinetwegen einlade."
Jennifer war verblüfft. „Was hat er gesagt?"
„Er hat sich gefreut", antwortete Carol, „so wie ich es erwartet habe. Schließlich hat sein Selbstwertgefühl wohl doch ein bißchen darunter gelitten, daß Kathy ihm wegen Chris den Laufpaß gegeben hat. Als ich ihm sagte, du wärst sehr daran interessiert, ihn kennenzulernen, war er sehr zufrieden. Ich habe ihm gesagt, er brauche dich nicht abzuholen, aber daß er dich nach Hause bringen könne, falls ihr euch verstehen solltet."
„Weißt du, was borniert heißt?" fragte Jennifer Kathy, nachdem Carol gegangen war.
„Nein, das weiß ich auch nicht", kicherte Kathy, „aber bestimmt weiß Chris es."
„Ich würde alles darum geben, so ein Selbstvertrauen wie Carol zu haben", seufzte Jennifer.
„Ich auch", pflichtete Kathy ihr bei. Ich werde mich jetzt wirklich anstrengen, mich nicht mehr so verrückt zu machen, nahm sie sich vor. Carol würde niemals so viel Energie verschwenden, wie sie es gerade tat. Carols Prinzip war Selbstbeherrschung, und Kathy schwor sich, daß sie sich von nun an wirklich ernsthaft bemühen würde. Jemanden so unbändig zu lieben, der vielleicht eines Tages, wenn sie aus der Schule kam, nicht mehr da sein würde, hieß doch nur, sich unnötigen Ärger zu bereiten.
Allmählich spielte sich das Leben mit Chris ein, und sie war fast erleichtert, als Carols Party für eine Weile verschoben wurde. Wenn er erst einmal einen Monat lang hier ist, sagte Kathy zu sich selbst, brauche ich mir keine Sorgen mehr zu machen.

Und – Wunder über Wunder – der ganze Monat verging, ohne daß sich etwas Besonderes ereignete. Immer wenn sie aus der Schule nach Hause kam, war Chris da. Vor allem die Abende mit ihm genoß sie sehr. Er half ihr bei der Hausarbeit und dem Abwasch, und an den schönen Spätsommerabenden unternahmen sie lange Spaziergänge und führten lange Gespräche. Kathy hatte sich noch nie so wohl und so glücklich bei einem anderen Menschen gefühlt. Mit der Zeit wurde sie ruhiger, ihre Noten wurden besser, und sie konnte auch wieder gut schlafen. Manchmal kniff sie sich selbst und stellte fest, daß sie nicht träumte. Sie war glücklich und dachte, wie schön das Leben war.

An den Wochenenden arbeiteten sie fröhlich zusammen im Laden und verstanden sich auch, ohne viele Worte zu wechseln. Sonntagabends hatten sie dann allen Apfelsaft und die frühen McIntosh-Äpfel, die schon im August reif geworden waren, verkauft. Manchmal nahmen sie Stephan mit in das kleine Kino ihrer Stadt, aber meistens sahen sie nur fern und fielen dann todmüde ins Bett.

Sie hatte sich gerade richtig an das glückliche Leben mit Chris gewöhnt, als sie und Stephan an dem Montag, bevor Carols Party stattfinden sollte, in die Schule gingen. Es war kurz nach Mittag, als sie die beängstigende Durchsage durch den Lautsprecher hörten. „Kathy und Stephan Wright bitte sofort in der Direktion melden. Kathy und Stephan Wright bitte sofort in die Direktion." Sie rannte hinunter in die Halle, wo sie fast mit Stephan, der von der anderen Seite kam, zusammenstieß. Sie stürzten beide in die Direktion und fanden dort ihre Mutter vor.

„Mama", rief Kathy ängstlich. „Was ist los? Was ist passiert?"

„Ist etwas mit Papa?" fragte Stephan voller Angst.

„Ist etwas mit Chris?" brachte Kathy zwischen ihren zusammengepreßten Lippen hervor.

„Nein, nein", antwortete Mrs. Wright beruhigend. „Es geht ihnen gut. Ihr seht ja aus, als ob ihr ein Gespenst gesehen hättet.

Beiden geht es gut. Setzt euch hier hin, dann erzähle ich euch, warum ich hier bin."
Es hatte bei ihnen gebrannt, und Mrs. Wright wollte es ihnen sagen, bevor sie es von den anderen Kindern in der Schule hörten und einen Schreck bekamen. Sie fragte die Sekretärin, ob sie die restlichen Stunden in der Schule versäumen durften, und als sie im Auto saßen und nach Hause fuhren, erzählte sie ihnen, was passiert war.
Kurz nach Mittag war ihre Saftpresse und ihr mit Sonnenenergie beheiztes Lagerhaus innerhalb von nur 20 Minuten bis auf die Grundmauern abgebrannt. Es war das einzige über Solarzellen beheizte Gebäude in der ganzen Umgebung gewesen. Ursprünglich war es eine Geflügelfarm gewesen, und Mr. Wright hatte es zum Lagerhaus für Landmaschinen umgebaut.
„Was ist alles verbrannt, Mama?" fragte Stephan.
„Alles, was sich in dem Lagerhaus befand, ist zerstört worden", antwortete sie und war jetzt plötzlich überhaupt nicht mehr fröhlich. „Eine Sortiermaschine, drei Traktoren und eine Spritzmaschine. Ich fürchte, daß es eine finanzielle Katastrophe für uns sein wird, aber glücklicherweise ist niemand schwer verletzt worden. Ich glaube, wir müssen uns immer daran erinnern. Wir müssen dankbar dafür sein."
„Was meinst du mit ‚nicht schwer verletzt'?" fragte Kathy. Sie spürte, daß Mrs. Wright ihnen noch nicht alles erzählt hatte.
„Ist etwas mit Papa?" flüsterte Stephan ängstlich.
„Nein, Papa geht es ausgezeichnet."
„Chris ist etwas passiert, nicht wahr", hauchte Kathy und war vor Schreck wie gelähmt.
„Ja, es ist etwas passiert", gab Mrs. Wright zu, „aber es ist nichts Ernstes. Chris hat sich eine leichte Verbrennung zugezogen, aber nur an den Händen. Der Arzt war schon bei uns und hat ihn verbunden. Er meint, es wird so gut verheilen, daß noch nicht einmal Narben zurückbleiben werden."
„Wie ist das passiert?" fragte Kathy. Warum flüsterte sie denn

nur, fragte sie sich. Wahrscheinlich weil sie so große Angst hatte.
„Chris ist wirklich ein Held", sagte ihre Mutter. „Es würde mich nicht wundern, wenn ihn die Feuerwehr für seinen Einsatz belohnen würde."
„Sag mir doch endlich, was eigentlich passiert ist", drängte Kathy und war ganz starr vor Angst.
„Ihr kennt doch den Gastank, der im Lagerhaus hinter der Tür stand?" fragte Mrs. Wright. „Er war ganz voll, und wir hatten schreckliche Angst, daß das Feuer bis dahin vordringt und er explodiert. Wenn das passiert wäre, hätten wir wohl jetzt noch nicht einmal mehr ein Dach über dem Kopf. Die Feuerwehr kam zwar sofort, aber sie konnte die Flammen nicht unter Kontrolle bekommen. Wir machten sie auf den Gastank aufmerksam, aber keiner traute sich an ihn heran. Sie sagten uns nur immer wieder, wir sollten dem Brandherd fernbleiben. Plötzlich sprang Chris nach vorn, stürzte ins Lagerhaus hinein, griff nach den Ketten, an denen der Tank befestigt war und zog ihn nach draußen in Sicherheit. Wir jubelten alle, als wir sahen, daß er es geschafft hatte. Er verbrannte sich die Hände, als er den Tank ins Freie zog, aber er hat das Haus und den Laden vor den Flammen gerettet.
Der Tag, an dem wir ihn eingestellt haben, war wirklich ein Glückstag für uns, Kathy. Das Gas, das jetzt noch in dem Tank ist, kann nicht mehr verwendet werden, denn es ist Wasser hineingekommen. Man wird es abpumpen und den Tank neu füllen, und dann werden wir ihn für die nächste Zeit in den Schatten der Platane stellen."
„Fahr schneller, Mama", bat Kathy. Dann fing sie zu weinen an. „Bist du sicher, daß es ihm gutgeht?"
„Ja, bestimmt", beruhigte sie Mrs. Wright. „Wir haben ihn auf die Wohnzimmercouch gelegt, und der Arzt hat ihm eine Spritze gegeben. Wahrscheinlich wird er bis morgen früh durchschlafen. Er hat auch ein Mittel gegen die Schmerzen

bekommen, und der Arzt meinte, in ein oder zwei Tagen wird alles wieder gut sein. Ich glaube, du solltest ihn nicht wecken, Kathy. Er scheint unter Schock zu stehen. Morgen können wir ihn für ein oder zwei Nächte in Stephans Zimmer legen."

„Ich werde ihn nicht aufwecken", versicherte Kathy ihr. „Ich muß ihn nur sehen."

„Du kannst mir wirklich glauben", sagte ihre Mutter. „Ich habe seine Verletzung ganz bestimmt nicht verniedlicht. Es hätte viel schlimmer ausgehen können. Er hätte dabei umkommen können. Wir haben so viel Glück gehabt."

„Weiß man, wodurch der Brand verursacht wurde?" fragte Stephan.

„Noch nicht", antwortete seine Mutter. „Aber in ein paar Tagen werden sie es wohl herausgefunden haben."

„Wie hat Papa es aufgenommen?" fragte Kathy.

„Er ist ganz schön niedergeschlagen", antwortete ihre Mutter. „Ihr könnt euch gar nicht vorstellen, wie schnell das Feuer um sich gegriffen und alles zerstört hat. Wir haben jetzt keine Maschinen mehr, und so wird es in dieser Saison auch keinen Apfelsaft mehr geben. Es ist ein furchtbarer Verlust für uns, und wir drei müssen uns bemühen, Papa ein wenig aufzuheitern und aufzurichten."

„Sind wir nicht versichert?" fragte Stephan.

„Doch", antwortete Mrs. Wright, „aber damit wird nicht der ganze Schaden gedeckt. Ich schätze, es gibt niemanden, der seine Habe in voller Höhe versichert hat. Wir werden wohl noch ein Darlehen aufnehmen müssen. Aber wenn ich mir vorstelle, was passiert wäre, wenn der Gastank bei dieser Trockenheit in die Luft geflogen wäre, meine ich, daß wir wirklich noch von Glück reden können. Die Feuerwehrleute mußten das Dach des Kühlhauses ständig mit Wasser bespritzen, damit sich das Feuer nicht noch weiter ausbreiten konnte, und nachdem Chris den Tank herausgezogen hatte, mußten sie sofort eine nasse Decke darüber werfen. Ich glaube, über diese Katastrophe können wir nur hinwegkommen, wenn wir uns immer wieder sagen, daß es viel schlimmer hätte ausgehen können."

Die Fahrt nach Hause schien kein Ende nehmen zu wollen. Als sie schließlich ankamen, sprang Kathy gleich aus dem Wagen, dachte dann aber doch daran, die Haustür leise zu öffnen.

Auf Zehenspitzen ging sie ins Wohnzimmer, wo Chris auf der Couch lag und schlief. Ihr Vater saß ganz in sich zusammengesunken in seinem großen Lehnstuhl. Er sah alt und erschöpft aus. Sein ganzer Enthusiasmus und seine ganze Energie schienen auf einmal verschwunden zu sein.

Kathy und Stephan liefen auf ihn zu und umarmten ihn. Erst fing Kathy an zu weinen, dann liefen auch Stephan die Tränen über das Gesicht, und Mr. Wright sah so aus, als ob er am liebsten auch mitweinen wollte. Aber bald fand er seine Ruhe und seine Stärke wieder.

„Keine Tränen mehr", sagte er. „So etwas kann passieren. Wichtig ist nur, daß der Unfall keine Menschenleben gekostet hat. Alles andere kann ersetzt werden. Irgendwie werden wir schon damit fertig werden. Ich habe schon Peter LeBlanc in der Bank angerufen, und er hat mir ein Darlehen zugesagt, damit wir die Maschinen, die nicht von der Versicherung ersetzt werden, wieder kaufen können. Wir dürfen nicht daran denken, was wir verloren haben, sondern an das, was uns geblieben ist. Ich bin dankbar, daß das Kühlhaus unversehrt geblieben ist und daß die Ernte nicht gelitten hat. Unsere Lage ist nicht aussichtslos. Wir stehen schließlich nicht auf der Straße. Ich weiß, woran du denkst, Kathy. Du meinst, daß aus deinem Studium jetzt nichts mehr wird. Glaub das nicht. Irgendwie werden wir es schon schaffen. Ich verspreche dir hoch und heilig, daß du dir deinen Herzenswunsch erfüllen kannst."

Jetzt brach Kathy in Schluchzen aus. Sie war zutiefst gerührt, daß ihr Vater angesichts solch einer Katastrophe noch an ihre persönlichen Wünsche dachte. Chris stöhnte leise im Schlaf.

„Das ist ein guter Junge", sagte ihr Vater und sah den Schlafenden voller Zuneigung an. „Es war ein Glück, daß er zu uns kam. Ich hätte nicht so streng mit ihm sein dürfen wegen der Schilder. Er hat wirklich nur versucht, uns irgendwie zu unterstützen, und ich habe ihn ausgeschimpft, als hätte er uns absichtlich schädigen wollen. Wenn er wieder auf den Beinen ist, werde ich mich bei ihm entschuldigen und ihm sagen, daß ich freundlicher und verständnisvoller hätte sein sollen. Er ist ein ordentlicher junger Mann, Kathy, und ich werde ihm anbieten, den ganzen Winter über bei uns zu bleiben, selbst wenn wir keine Arbeit mehr für ihn haben."

„Prima", freute sich Stephan. „Er könnte mit mir in meinem Zimmer wohnen. Das wäre wirklich schön. Ich habe mir schon immer einen älteren Bruder gewünscht. Ich meine, noch zusätzlich zu einer Schwester, Kathy."

„Wenn er aufwacht", fuhr Mr. Wright fort, „werde ich ihm vorschlagen, daß er mit dir wieder zur Schule geht und nur an den Wochenenden arbeitet, um seinen Unterhalt zu verdienen. Er soll nicht länger von Ort zu Ort ziehen oder zu seiner Mutter zurückgehen müssen, von der er doch offensichtlich nichts wissen will. Wenn er bei uns bleiben will, wollen wir ihm hier ein neues Zuhause bieten. Er hat es sich heute verdient."

Wie kann ich nur so glücklich sein mitten in einer solchen Katastrophe, dachte Kathy. Jetzt weiß ich, daß er mindestens ein Jahr hierbleiben wird. In Gedanken begann sie sich auszumalen, was sie in Zukunft alles gemeinsam tun könnten. Chris würde mit ihr aufs College gehen. Zur Zeit der Apfelblüte könnten sie heiraten. Weihnachten zusammen feiern. Sie war so voller Freude, daß sie glaubte, ihr Herz würde zerspringen. Chris stöhnte wieder, und sie kniete sich neben die Couch. Dann strich sie sanft mit ihrer kühlen Hand über seine Stirn. Er wachte kurz auf.

„Wasser", krächzte er. Mit der einen Hand stützte sie seinen Kopf, und mit der anderen führte sie ihm vorsichtig das Glas an die Lippen. Er trank ein paar Schlucke und sank dann erschöpft

zurück. Seine Augen waren noch geöffnet.
„Hast du Schmerzen?" flüsterte Kathy liebevoll.
Er schüttelte den Kopf.
„Du bist ein Held", flüsterte sie ihm ins Ohr. „Wir sind alle so stolz auf dich."
Er sah sie starr an, und eine Träne rollte über seine Wange. Dann schloß er die Augen und schlief wieder ein.
Kathy blieb auch am nächsten Tag zu Hause, um bei Chris zu sein. Mrs. Wright bestand darauf, daß er auf der Wohnzimmercouch liegen blieb, damit er fernsehen konnte. Kathy brachte ihm viele leckere Dinge zu essen, dieselben Gerichte, die ihm so gut geschmeckt hatten, als er gerade angekommen war, aber er aß nicht. Er aß nicht, und er sprach nicht. Er lag nur finster da, starrte entweder auf den Fernseher oder ins Leere.
„Warum benimmt er sich so seltsam?" fragte Kathy ihre Mutter, als sie in der Küche waren. „Er ist wie ein lebender Toter."
„Laß ihm Zeit", sagte ihre Mutter. „Er steht wahrscheinlich noch unter Schock. Wir wissen nicht, wie lange es dauert, bis man über solch ein Erlebnis hinwegkommt. Ich nehme auch an, daß die Schmerzmittel, die ihm der Arzt gegeben hat, sich auf seine Psyche auswirken. Er sollte so viel wie möglich schlafen. Die Zeit wird ihn dann schon heilen."
„Aber mir scheint, daß er schrecklich deprimiert ist, Mama."
„Kathy, mein Herz, du fängst an, mich zu deprimieren. Wir können nichts weiter tun, also setzt du dich entweder zu ihm, leistest ihm Gesellschaft und hörst auf, dir Sorgen über ihn zu machen, oder du gehst in die Schule. Ich fahre dich hin, wenn du willst."
„Schon gut", lenkte Kathy ein. In den nächsten Stunden saß sie bei Chris und strickte, während er fernsah. Er schien gar nicht aufzunehmen, was er sah, und er und Kathy wechselten kein einziges Wort. Um drei Uhr, als sie hörte, daß die Haustür geöffnet wurde, blickte sie auf, um Stephan zu begrüßen. Er kam herein, aber er war nicht allein. Chuck, Carol und Jennifer

drängten sich hinter ihm in das Zimmer. „Chuck hat uns alle von der Schule hierhergefahren", berichtete Stephan.

Mrs. Wright kam ins Wohnzimmer und begrüßte die Gäste erfreut. „Ihr kommt gerade rechtzeitig, um Apfelmus mit einer frischen, heißen Karamelsauce zu essen", sagte sie. Carol und Jennifer gingen mit Mrs. Wright in die Küche, um ihr beim Hereintragen zu helfen, und Chuck setzte sich auf einen Stuhl neben die Couch, auf der Chris lag. Ein paar Sekunden lang schien er nach Worten zu suchen. Dann fing er an zu sprechen.

„Hör zu, Chris", sagte er. „Ich glaube, das war wirklich toll, was du gemacht hast. Die ganze Schule hat heute davon gesprochen, und alle würden sich darum reißen, dich kennenzulernen. Ich muß zugeben, daß ich auf dich und Kathy sehr wütend war, aber das ist jetzt vorbei. Du bist wirklich ein toller Kerl. Ehrlich, ich glaube, ich hätte nicht so viel Mut gehabt wie du. Der Gastank hätte jederzeit in die Luft fliegen können. Wollen wir uns nicht wieder vertragen, Chris?"

„Du bist wirklich sehr nett", murmelte Chris. Er war ganz bleich, und kein Lächeln erhellte sein Gesicht. „Ich danke dir."

„Was ist los mit ihm?" fragte Chuck Kathy.

„Er steht noch unter Schock", flüsterte sie. „Seine Reaktionsfähigkeit ist noch stark eingeschränkt."

Carol und Jennifer kamen herein und schoben den Teewagen mit Apfelsaft, Milch, Apfelcreme mit heißer Karamelsauce und Vanilleeis vor sich her.

„Ich sage immer, daß es hier bei Ihnen das beste Essen in der ganzen Stadt gibt", sagte Carol. „So gut wird bei Lehrern, wie meinen Eltern, nicht gekocht."

„Und bei Alkoholikern auch nicht", fügte Jennifer düster hinzu.

Irgendwie fanden sie, daß dieser letzte Satz sehr komisch klang, und sie brachen alle in schallendes Gelächter aus, wodurch sich die Stimmung allgemein hob.

Dann blickten sie zu Chris hinüber. „Er weint", flüsterte Carol. „Oh, Jennifer, starre ihn um Himmels willen nicht so an. Wie

kannst du nur so taktlos sein? Der arme Junge, wahrscheinlich glaubt er, daß er noch mitten im Gefecht steht."
„In was für einem Gefecht?" fragte Chuck.
„Wovon sprichst du überhaupt?" fragte Jennifer Carol.
Sie würden wirklich gut zusammenpassen, dachte Kathy belustigt. Keine Spur von Humor weder beim einen noch beim andern. Carol ließ sich auf einen Stuhl neben Chris plumpsen und beobachtete ihn wie eine angehende Anthropologin.
„Könntest du mir sagen, was du gerade fühlst?" fragte sie Chris.
„Hau ab", antwortete er.
„Wie würdest du deine jetzigen Gefühle beschreiben?" fragte Carol weiter in ihrem mitfühlenden Ton.
„Ich möchte, daß du mich in Ruhe läßt", sagte er.
„Aus deiner Antwort kann man wohl schließen", sagte sie überzeugt, „daß wir uns keine ernsthaften Sorgen um dein Wohlbefinden machen müssen. Ich würde morgen gerne wieder kommen und mit dir sprechen. Vielleicht geht es dir dann schon besser. Ich wollte mich schon immer einmal mit jemandem unterhalten, der ein Unglück überlebt hat."
Chris saß schweigend da, und Kathy merkte, daß er wütend wurde. Vielleicht ist das ein gutes Zeichen, dachte sie. Wenigstens zeigt er wieder eine Reaktion.
„Jedenfalls mußt du bis Samstagabend wieder in Form sein, denn dann steigt meine Party", sagte Carol. „Meine Eltern haben in Südafrika einen Film gemacht, den sie gerne vorführen möchten."
„Das klingt nicht besonders verlockend", meinte Chuck. „Ich würde lieber tanzen, als einen Film über Südafrika sehen."
„Das finde ich auch", stimmte ihm Jennifer zu. „Ich sehe nicht ein, warum ich mir über Dinge den Kopf zerbrechen soll, die ich doch nicht ändern kann. Ich sehe schon genug Elend bei mir zu Hause. Warum sollte ich mir so etwas dann auch noch im Film ansehen?"

Carol grinste zu Kathy hinüber. „Wie füreinander geschaffen."
„Kommt, wir wollen Scrabble spielen", schlug Stephan vor.
„Ich muß zur Arbeit", verabschiedete sich Chuck. „Wir sehen uns dann Samstagabend auf der Party."
Stephan, Carol, Jennifer und Kathy setzten sich auf den Boden und spielten Scrabble. Chris blieb apathisch und unbeweglich auf der Couch liegen. Bald gaben sie es auf, ihn zum Sprechen zu bringen.
„Wie wäre es, wenn ihr alle zum Abendessen hierbleiben würdet?" fragte Mrs. Wright, als sie mit dem Spiel gerade fertig waren.
„Ich weiß nicht, ob wir Ihnen dann nicht zur Last fallen", wandte Carol ein.
„Ich würde gerne hierbleiben und zur Abwechslung einmal etwas Gutes zu essen bekommen", erklärte Jennifer. „Bitte bleibt beide hier", bat Mrs. Wright. „Es tut uns sicher gut, Gäste zu haben. So kommen wir vielleicht ein bißchen auf andere Gedanken. Kommt mit mir in die Küche. Wir stellen alles auf ein Tablett, und ihr bringt es ins Eßzimmer. Kathy kann Chris beim Essen helfen." Aber Chris wollte nicht essen, und selbst Carol konnte ihn nicht dazu überreden.
„Sollten wir nicht deine Mutter benachrichtigen, Chris?" fragte Mrs. Wright.
„Sie ist verreist", antwortete Chris. „Ich glaube nicht, daß Sie sie erreichen werden. Ich werde sie anrufen, wenn sie wieder da ist."
Das Telephon klingelte ununterbrochen während des ganzen Tages und auch noch am Abend. Alle wollten den Helden besuchen oder ihm gratulieren. Chris lehnte es rundweg ab, jemanden zu sehen, vor allem den Reporter der Lokalzeitung. Kathy und Mrs. Wright versprachen allen Anrufern, daß sie sich wieder melden würden, sobald es Chris besser ginge.
„Spätestens Samstagabend auf der Party wird seine gute Laune wiederkehren", sagte Carol zu Kathy, bevor sie schließlich

gingen. „Es wird eine ganz besondere Party sein. Ich habe die ganze Klasse eingeladen unter der Bedingung, daß jeder einen kleinen Beitrag für Getränke und ein Geschenk für Chris leistet. Erzähl ihm aber nichts davon. Es soll eine Überraschung werden."

„Das ist wirklich eine prima Idee", jauchzte Kathy und umarmte ihre Freundin. „Ich hoffe, es geht ihm so gut, daß er kommen kann und daß das Geschenk ihn nicht gleich wieder umwirft. Was ist es denn? Du kannst es mir ruhig verraten. Du weißt, ich plaudere nichts aus."

„Wir haben extra für ihn eine Medaille bestellt mit der Aufschrift: Dem Helden Chris Landers, Huguenot, September 1980, aber das ist nicht das eigentliche Geschenk. Das richtige Geschenk sind nämlich über 200 Dollar für eine neue Saftpresse, die wir gesammelt haben und die wir deiner Familie durch Chris überreichen wollen. Ich weiß, daß das nicht viel Geld ist, Kathy, aber mehr konnten wir von diesen armen Schluckern hier wirklich nicht bekommen. Die meisten geben jede Woche fürs Bowling mehr Geld aus, als sie gespendet haben, aber ich versuche die Menschen so zu nehmen, wie sie sind, und bin dankbar für das, was sie uns gegeben haben."

Sobald die Mädchen fort waren, lief Kathy in die Küche und erzählte ihrer Mutter von dem Geschenk. Mrs. Wright war genauso glücklich und gerührt darüber wie Kathy. „Trotz allem können wir uns wirklich glücklich schätzen", sagte sie.

Kathy schlang ihre Arme um ihre Mutter, und die beiden Frauen standen einen Augenblick lang da und hielten sich zärtlich umfaßt.

6

Am Samstag entfernte der Arzt den Verband von Chris' Händen und setzte die Schmerzmittel ab. Obwohl Chris beteuerte, daß ihn seine Hände nicht mehr schmerzten, machte er immer noch einen nervösen und zerstreuten Eindruck. Carol hatte zu ihrer Party auch Stephan wegen des Geschenks eingeladen. Sie war die einzige, die alle Altersklassen zu ihren Partys einlud. Stephan hatte Chris angeboten, ihm beim Anziehen behilflich zu sein, aber er hatte es abgelehnt, und offensichtlich hatte er es auch allein geschafft. An jenem Morgen war er wieder in das Zimmer über der Garage gezogen, obwohl Mrs. Wright versucht hatte, ihn davon abzuhalten, und ihm nahegelegt hatte, im Haus wohnen zu bleiben, bis seine Hände ganz geheilt wären. Um sieben Uhr waren sie fertig.

„Oh, ihr seht aber schick aus", staunte Mrs. Wright. „Es wird bestimmt sehr schön werden. Übernimm dich nicht, Chris. Und du, Kathy, paß ein bißchen auf ihn auf."

„Hoffentlich wird es nicht zu anstrengend für dich", sagte Kathy.

„Wenn ich müde werde", antwortete er, „sage ich es dir, und wir können gehen."

Die Party fand in einer leeren Scheune auf dem Grundstück von Carols Eltern statt, und Kathy konnte schon von weitem laute, dröhnende Musik hören. Offenbar hatten alle auf sie gewartet, und als sie hereinkamen, wurde Chris mit großem Beifall begrüßt. Er stand verloren und unsicher da, bis eins der Mädchen ihn sanft beim Ellbogen faßte, ohne dabei seine Hände zu berühren, und ihn auf die Tanzfläche zog. Kathy freute sich, als sie bemerkte, wie er allmählich auf die Musik reagierte, zu tanzen anfing und lächelte. Jemand brachte ihm

ein Bier. Er trank es schnell und tanzte weiter. Kathy machte sich aber deshalb keinerlei Gedanken. Sie wußte, daß gerade an diesem Abend viele Mädchen darauf brannten, mit ihm zu tanzen. Carol kam zu ihr hinüber und stellte sich neben sie.
„Gott sei Dank benimmt er sich wieder wie ein normaler Mensch", sagte Kathy. „Ich habe schon befürchtet, daß er vielleicht einen bleibenden Schaden davongetragen haben könnte."
„Er sieht gut aus", sagte Carol freudestrahlend. „Sieh dir einmal Chuck und Jennifer an. Die beiden vergnügen sich gut zusammen."
Kathy sah zu ihnen hinüber, und einen kurzen Augenblick lang fühlte sie einen stechenden Schmerz in ihrer Brust, aber sie war immer noch ganz sicher, daß sie richtig gehandelt hatte. Nur weil er mit Jennifer glücklich war, hieß das noch nicht, daß auch sie mit ihm glücklich geworden wäre. Sie mußte zugeben, daß Chuck gar nicht so langweilig wirkte, wenn sie nicht mit ihm zusammen war.
Der Abend verging wie im Fluge. Ein Mädchen nach dem anderen forderte Chris zum Tanz auf. Kathy hielt sich zurück, denn sie war froh, daß andere sich darum kümmerten, ihn aufzuheitern. Um Mitternacht schließlich schaltete Carol den Plattenspieler aus und schob Chris und Kathy in die Mitte des Raums. Alle wurden ganz still, als Carol zu sprechen begann.
„Die Abiturklasse macht dir dieses Geschenk, Chris", sagte sie, „als Dank dafür, daß du unseren lieben Freunden und Nachbarn so tapfer geholfen hast. Wir bewundern deine Selbstlosigkeit und wollen dir diesen Scheck überreichen, damit die Wrights das abgebrannte Gebäude wieder aufbauen können. Wir sind uns darüber im klaren, daß das nur einen symbolischen Wert haben kann, aber wir wollen damit unsere Sympathie und unser Mitgefühl für euch ausdrücken."
Sie beugte sich nach vorn und gab Chris einen flüchtigen Kuß auf die Wange. Alle klatschten Beifall. Kathy merkte, wie sich

ihre Augen mit Tränen füllten, und sie griff sanft nach Stephans Hand. Das waren ihre Freunde, das war ihre Welt, und ein Gefühl des Glücks überwältigte sie.
„Mach doch das Päckchen auf, Chris", forderte ihn Carol auf, „damit wir alle sehen können, was drin ist."
Stephan stürzte nach vorn. „Seine Hände tun noch weh", erklärte er, als er das Päckchen für Chris öffnete und ihm die Medaille überreichte.
„Lies bitte vor, was darauf steht", sagte Carol. Chris stand nur unbeholfen mit der Medaille da und sah aus, als ob er gleich in Tränen ausbrechen würde.
„Ich werde es vorlesen", sagte Stephan. „‚Für Chris Landers aus Dankbarkeit für seinen heldenhaften Einsatz'". Als Chris sich zu Kathy umdrehte, war sein Gesicht tränenüberströmt. Sie lief zu ihm hin, umarmte ihn und gab ihm einen Kuß. Die anderen klatschten Beifall.
Schließlich faßte sich Chris wieder, und mit krächzender Stimme sagte er: „Das habe ich wirklich nicht verdient." Die jungen Leute widersprachen ihm mit Pfiffen und Zwischenrufen, jubelten, klatschten erneut Beifall und stürzten sich dann wieder auf das Essen und auf die Tanzfläche.
„Willst du ein bißchen frische Luft schnappen?" fragte ihn Kathy, und er nickte dankbar. „Wie fühlst du dich?" fragte sie, nachdem sie einen vollen Atemzug frischer Herbstluft eingesogen hatten. Er schwieg.
„Chris, warum bist du so still?" fragte Kathy. „Warum bist du so kalt zu mir? Ich habe gesehen, wie du mit den anderen Mädchen getanzt und gelacht hast. Warum bist du zu ihnen netter als zu mir? Was habe ich dir denn getan? Ich dachte, wir beide würden uns lieben, aber jetzt sprichst du noch nicht einmal mehr mit mir. Sag mir doch bitte, was los ist."
„Du bist wirklich ein seltsamer Mensch", antwortete er heftig. Sie schreckte zurück, als ob er ihr einen Schlag versetzt hätte. „Kannst du nicht einmal aufhören, immer nur an dich zu

denken? Einmal über deinen eigenen Horizont hinausgehen? Kannst du denn nicht verstehen, daß du mit dem, was gerade in mir vorgeht, nichts zu tun hast? Mit den anderen Mädchen konnte ich tanzen und lachen, weil ich mich da verstellen konnte. Und außerdem wollen sie nichts von mir. Ich habe innerlich gerade sehr zu kämpfen, und da kann ich mich nicht noch um dich kümmern."

„Ich hab dich lieb", sagte sie sanft und konnte ihre Tränen nur schwer zurückhalten. „Ich möchte dir gerne helfen."

„Am besten kannst du mir jetzt helfen, indem du mich allein läßt", sagte er zu ihr. „Wenn du nichts dagegen hast, würde ich jetzt gerne nach Hause fahren. Ich bin müde."

„Sicher", antwortete sie. „Ich gehe nur kurz hinein und sage es Stephan."

Stephan wollte noch dableiben. Chuck würde ihn dann nach Hause fahren. So setzte sich Kathy ans Steuer, und Chris sagte während der ganzen Fahrt kein Wort mehr.

„Möchtest du noch etwas essen, bevor du zu Bett gehst? Oder kann ich sonst noch etwas für dich tun? Möchtest du vielleicht spazierengehen?" fragte ihn Kathy, als wäre er ein krankes Kind.

„Nein", antwortete er düster. „Du kannst nichts für mich tun. Aber eines sollst du wissen, Kathy. Ich hab dich wirklich lieb. Mehr als irgend jemand sonst in meinem Leben."

Sie blieb weinend stehen, als er wegging, eine schmächtige, einsame, traurige Gestalt. Nur zu gerne wäre sie hinter ihm hergelaufen. Aber wenn er allein sein wollte und noch Zeit brauchte, mußte sie sich wohl oder übel damit abfinden.

Sie ging ins Haus, badete lange und ausgiebig, versuchte noch eine Weile im Bett zu lesen und fiel schließlich in einen unruhigen Schlaf voller Angstträume. Um sechs Uhr wachte sie auf, sah auf die Uhr und schlief noch einmal eine Stunde. Der Laden war den ganzen Oktober lang an den Wochenenden geöffnet, aber sie mußte erst um zehn Uhr dort sein.

Um sieben Uhr wachte sie wieder auf, zog sich an, räumte ihr Zimmer auf und ging dann traurig, als würde ein Gewicht auf ihrem Rücken lasten, hinunter ins Eßzimmer. Stephan und Chris schliefen wohl noch, aber ihre Eltern tranken schon zusammen Kaffee. Sie hatten den Scheck gesehen, den sie auf Chris' Bitte hin auf den Frühstückstisch gelegt hatte, und beide waren hocherfreut und gerührt.

„Wir können wirklich froh sein", sagte ihre Mutter. „Es gibt so viele einsame Menschen auf der Welt, und wir haben so viele gute Freunde."

„Ja", fügte ihr Vater hinzu. „Chris sagt, daß seine Mutter so viel Geld hat und doch nie glücklich ist. Sie ist entwurzelt und haltlos, sie ist mal hier, mal dort, wie es ihr gerade in den Sinn kommt."

Kathy erzählte ihnen, wie seltsam Chris sich verhalten hatte.

„Er ist einfach nicht mehr so wie früher", klagte sie. „Dieser Chris gefällt mir nicht. Ich möchte, daß er wieder der alte wird."

„Laß ihm Zeit", drängte ihre Mutter.

„Ich glaube, ich gehe einfach einmal kurz hinüber und unterhalte mich ein bißchen mit ihm vor dem Frühstück", sagte Kathys Vater. „Vielleicht nützt es etwas. Denn das, was dem Jungen fehlt, ist eine starke väterliche Hand."

Kathy und Mrs. Wright saßen noch am Frühstückstisch und unterhielten sich, als Mr. Wright kurz darauf zurückkam. Kathy konnte an seinem Gesicht sofort ablesen, daß irgend etwas passiert war.

„Was ist los, Papa?" fragte sie aufgeregt.

„Chris ist fort", antwortete ihr Vater mit schwerer Stimme. „Er hat seinen Rucksack mitgenommen. Das einzige, was er zurückgelassen hat, scheint seine Medaille zu sein. Sonst ist nichts mehr da. Keine Nachricht, nichts."

„Oh, Kathy", rief ihre Mutter mitfühlend aus. Kathy ließ nur ihren Kopf sinken, und große Tränen rollten ihr über die Wangen. Mrs. Wright legte den Arm um ihre Tochter und ließ

sie sich ausweinen.
„Ich weiß, wieviel dir an ihm lag", sagte ihre Mutter zu ihr.
„Irgend etwas muß ich falsch gemacht haben", schluchzte sie. „Vielleicht hat Chris gespürt, daß ich ihm nie ganz vertraut habe, nie an ihn geglaubt habe, sosehr ich es auch wollte. Ich habe einmal gelesen, daß wir, wenn wir vor etwas große Angst haben, es unbewußt herbeiführen. Jeden Tag habe ich gefürchtet, ihn zu verlieren, so daß ich jedesmal, wenn ich von der Schule nach Hause kam, vor Aufregung kaum noch richtig denken konnte. Ich habe ihn öfters gefragt, ob er jemals weggehen würde, ohne es mir vorher zu sagen. Vielleicht habe ich ihn damit erst dazu gebracht wegzugehen. Vielleicht hätte ich ihn nicht zu der Party mitnehmen sollen."
„Es lag sicher nicht an dir, Kathy", versuchte ihre Mutter sie zu beruhigen. „Warum sollte es denn auch an dir gelegen haben, mein Herz. Das ist doch wirklich absurd. Chris hat genau das getan, was er vorher auch schon manchmal getan hat. Er ist fortgegangen. Du weißt doch, daß er seine Mutter genauso verlassen hat, und er hat uns erzählt, daß auch sie des öfteren, ohne etwas zu sagen, wegfährt. Du mußt einsehen, daß es dumm von dir ist, wenn du dir Vorwürfe machst, weil Chris sich nicht richtig verhalten hat. So gut wie wir zu ihm waren, wäre sonst wohl keiner gewesen. Kathy, mit dir hat das bestimmt nichts zu tun. Es war immer etwas Seltsames an Chris, etwas uns Unverständliches."
„Aber er hat mich doch gefragt, ob ich seine Freundin sein will, Mama", weinte Kathy. „Ich habe geglaubt, er hätte es ernst gemeint. Warum sollte er denn so etwas sagen, wenn er es nicht wirklich so meinen würde?"
„Die Menschen sagen oft etwas, was sie entweder gar nicht oder nur in dem Moment meinen, in dem sie es gerade sagen. Das kann man vorher leider nie wissen. Wir haben keine andere Möglichkeit, als uns damit abzufinden, damit es uns nicht ganz unglücklich macht, wenn so etwas vorkommt."

„Ich habe ihn geliebt“, sagte Kathy und bemühte sich, ihre Fassung wiederzugewinnen. „Er war der erste Junge, den ich wirklich geliebt habe, und ich glaubte, diese Liebe würde ewig halten, so wie zwischen dir und Papa.“

„Eines Tages wirst du jemanden finden, bei dem das so sein wird. Vielleicht wenn du aufs College gehst.“ Mrs. Wright strich Kathy das Haar aus dem tränennassen Gesicht. „Wenn Chris hiergeblieben wäre, hätte dich deine Liebe zu ihm vielleicht sogar abgehalten, den richtigen Mann zu finden. Vielleicht hilft es dir, wenn du die Sache einmal von dieser Seite betrachtest.“

„Ich glaube, es ist egal, wie ich die Sache auch drehe und wende, es wird mir nicht helfen“, sagte Kathy traurig.

„Ja, ich glaube, du hast recht. Es wird seine Zeit dauern.“

„Fühlst du dich denn nicht hintergangen, Mama? Du warst so gut zu ihm!“

„Was er uns auch schuldig gewesen sein mag – und Kathy, du weißt, ich habe auf diese Dinge nie Wert gelegt –, er hat uns jedenfalls reichlich dafür entschädigt, indem er den Gastank in Sicherheit gebracht hat. Ja, ich glaube, wir sind wirklich quitt. Ich habe ihn gern hiergehabt. Er ist fortgegangen, ohne uns auch nur das Geringste schuldig geblieben zu sein.“

„Aber hätte er nicht wenigstens ein paar Abschiedsworte hinterlassen können?“

„Vielleicht konnte er nicht die richtigen Worte finden“, tröstete sie ihre Mutter. „Stell dir vor, er hätte geschrieben: ‚Ich gehe weg.‘ Wäre das denn besser gewesen?“

„Ja“, antwortete Kathy. „Irgendwie wäre es besser gewesen. Mir wäre es lieber gewesen, wenn er gezeigt hätte, daß es ihm leid tat, daß er es bedauerte und daß er gerne bei uns war oder sonst irgend etwas.“

„Ich bin sicher, daß er all das empfunden hat“, meinte ihre Mutter. „Das war sicher alles sehr schwer für ihn. Wenn es nicht so gewesen wäre, hätte er uns auch gegenübertreten und sich

verabschieden können. Nein, ich glaube, er fühlte sich dabei auch nicht wohl, und irgendwann wirst du sicher etwas von ihm hören, und er wird versuchen, dir alles zu erklären."
Stephan war unterdessen hereingekommen und nahm Kathys Hand in die seine. Er sagte nichts, saß nur da und hielt die Hand seiner Schwester und versuchte ihr seine Wärme und Zuneigung durch seinen Händedruck zu zeigen.
„Ich weiß nicht, wie das morgen in der Schule werden soll", jammerte Kathy. „Es wird sehr unangenehm sein, allen meinen Freunden sagen zu müssen, daß Chris weg ist. Vor allem Chuck wird sich freuen, recht behalten zu haben."
„Chuck ist doch nicht schadenfroh", wandte Mrs. Wright ein. „Aber in diesem Fall schlage ich vor, daß du eine kleine Unwahrheit erzählst. Es wird niemandem schaden, aber du brauchst dich nicht in Verlegenheit zu bringen. Erzähl einfach, daß Chris in die Stadt gefahren ist, um zu seinem Hausarzt zu gehen. Was hältst du davon?"
„Na klar", stimmte Stephan zu. „Ich verspreche, daß ich genau das sage, wenn man mich fragt, Kathy."
„Was meinst du dazu?" fragte ihre Mutter.
„Ich bin dankbar", antwortete sie einfach. „Ich bin dankbar, daß ich euch beide und Papa habe. Ich fühle mich nicht allein gelassen, obwohl Chris mich sehr verletzt hat."
Und so hielten sie es, und jeder glaubte die Geschichte. Und warum hätte man auch daran zweifeln sollen? Den meisten war es sowieso egal, und Chuck und Jennifer waren glücklich befreundet. Aber Carol erzählte Kathy die Wahrheit.
„Es muß ein schwereres Trauma für ihn gewesen sein, als wir dachten", meinte Carol. „Er wird wiederkommen, und was willst du tun, wenn er wieder da ist?"
„Ich werde ihn in seinem Zimmer einschließen", antwortete Kathy kichernd, „und werde ihn für immer und alle Zeiten bei mir behalten."
„Sei dir da nicht so sicher", warnte Carol sie. „Vielleicht

interessiert er dich überhaupt nicht mehr, wenn du ihn wiedersiehst."

„Er wird mich immer interessieren", widersprach Kathy, und damit war die Unterhaltung beendet.

Dannach nahm das Leben scheinbar wieder seinen gewohnten Gang. Während des ganzen Herbstes gingen sie und Carol nach dem Unterricht in die Reitschule gegenüber dem Gymnasium. Die Freundschaft zwischen ihr und Jennifer hatte sich merklich abgekühlt. „Vielleicht hat sie dir gegenüber Schuldgefühle wegen Chuck", meinte Carol, „aber ich würde mir keine Gedanken darüber machen. Sie ist so viel mit ihm zusammen, daß auch ich sie kaum noch sehe."

An den Wochenenden half Kathy im Laden, bis sie ihn für die Wintersaison schlossen. Sie war froh, daß Carol keinen festen Freund hatte, weil sie samstags oft auf dieselben Partys wie Chuck und Jennifer gingen, und dank Carols Humor und Selbstbewußtsein fühlte sie sich dort nicht allein. Die meisten Jungen in ihrer Klasse hatten schon eine Freundin, und weder Carol noch Kathy interessierte sich für die übriggebliebenen. Zum ersten Mal in ihrem Leben machte es Kathy nichts aus, ohne Begleitung auf eine Party zu gehen. Das ist eine gute Schule für mich, sagte sie zu sich selbst, die beste Vorbereitung darauf, daß ich in einer anderen Stadt aufs College gehen werde.

Alle gingen davon aus, daß sie Chris vergessen hatte, aber das tägliche Leben zog wie ein dichter Nebel an ihr vorbei. Sie lächelte, lachte und redete ohne Unterlaß, schwatzte, machte ihre Hausaufgaben, beschwerte sich über ihre Lehrer, aß, schlief und arbeitete, und während der ganzen Zeit bemerkte niemand, daß sie sich in bezug auf Chris beraubt, verwirrt und wurzellos vorkam. In Wirklichkeit wartete sie immer noch.

Eine Woche vor dem Erntedankfest kam dann endlich der Brief. Es war ein ganz normaler Tag. Nichts kündigte an, daß erneut ein Blitz in ihr Herz einschlagen würde. Sie versuchte ihr Zittern zu verbergen und flüchtete sich mit dem Brief auf ihr Zimmer. Dann verschloß sie ganz gegen ihre Gewohnheit die Tür, stopfte sich ein paar Kissen auf dem Bett in den Rücken, hielt den Brief ein paar Sekunden lang vor sich hin und atmete dann tief durch, bevor sie sich in das eiskalte Wasser stürzte und den Brief öffnete. Sie spürte ein aufregendes Prickeln und begann zu lesen:

Liebste Kathy, ich kann Dir in diesem Brief mein Verhalten nicht erklären, und ich kann Dir auch nicht sagen, was ich ausgestanden habe, seitdem ich von Euch fortgegangen bin.
Ich bin wieder in mein Internat zurückgegangen, aber zum Erntedankfest werde ich zu Hause sein. Vielleicht könntest Du Samstag früh nach New York kommen. Du kannst bis Sonntag bleiben oder Samstagabend zurückfahren, wie es Dir lieber ist. Wir hätten den ganzen Samstag für uns und könnten etwas unternehmen, was Du schon immer wolltest, wie z. B. eine Veranstaltung in der Radio City Music Hall besuchen. Ich würde Dir auch gerne das Metropolitan Museum und das Museum für Moderne Kunst zeigen und mit Dir im *Rainbow Room* zu Abend essen.
Meine Mutter wird natürlich auch da sein. Du wirst also das zweifelhafte Vergnügen haben, sie kennenzulernen. Und Deine Eltern sollen wissen, daß wir so auch eine Art erwachsene Aufsichtsperson haben.
Bitte schicke mir eine Antwort an die obengenannte Adresse, ob Du kommst oder nicht, auch wenn ich es wohl nicht verdient habe.
Grüße bitte Deine Eltern, Stephan und Deine Freunde, die so nett zu mir waren, herzlich von mir.

Alles Liebe
Chris

Sie las den Brief gleich ein paarmal, und ein ganzer Schwall von Gefühlen überflutete sie. Sie erinnerte sich an ihre langen Spaziergänge während der schönen Spätsommerabende, an seine Küsse, sein warmes Lächeln, daran, wie ihr Herz bis zum Halse hinauf schlug und wie sie nach ihrem ersten Kuß in einen Glückstaumel gefallen war. Sie sah sein ebenmäßiges Gesicht vor sich, das tiefe Blau seiner Augen, seinen schlanken, gut gebauten Körper. Sie wollte ihm böse sein, weil er ihr so weh getan hatte, als er sie verließ, aber es gelang ihr nicht. Bevor sie mit ihren Eltern über den Brief sprach, mußte sie sich über ihre eigenen Gefühle klar werden, und nach einer langen, quälenden Stunde stellte sie fest, daß ihr gar keine Wahl blieb. Sie wollte ihn sehen, ja, sie mußte ihn sehen, und wenn nur dabei herauskommen sollte, daß sie einen Schlußstrich unter ihre mißlungene Beziehung ziehen konnte. Würde sie ihn nicht wiedersehen, war ihr klar, daß sie ihr ganzes Leben lang dieser Liebe, die wie ein Wunder plötzlich in ihr Leben getreten und genauso plötzlich wieder daraus verschwunden war, nachtrauern würde.
Als sie sich sicher war, daß sie ihr Verlangen, seiner Bitte zu entsprechen, vernünftig begründen konnte, sah sie in den Spiegel, um festzustellen, ob sie auch nicht ganz aufgeregt und verwirrt, sondern ruhig und gelassen aussah. Dann ging sie hinunter, um mit ihren Eltern zu sprechen. Ihr Vater saß am Küchentisch, trank ein Glas Apfelsaft und unterhielt sich mit ihrer Mutter, die das Abendessen zubereitete. Wortlos legte Kathy ihm den Brief hin. Er las ihn, sagte aber nichts, bis auch Mrs. Wright ihn gelesen hatte.
„Setz dich, Kathy“, sagte sie ruhig. „Also, mein Herz, was hältst du von diesem Brief?“
„Wirf ihn ins Feuer“, sagte Mr. Wright ärgerlich.
„Ich kann dir nicht verbieten hinzufahren, Kathy, selbst wenn ich dich in deinem Zimmer einschließen könnte, und außerdem möchte ich das auch nicht für dich entscheiden. Aber wenn du

hinfährst, wird er dir doch nur wieder weh tun. Dieser Ausflug wird dich zwanzig Dollar kosten, du wirst den Tag mit ihm verbringen und wieder hierher zurückkommen, während er in sein Internat geht, und du wirst das ganze Jahr hier herumsitzen, traurig und unzufrieden mir dir selbst sein, weil du wieder einmal nichts von ihm gehört hast. Und wenn du dann vielleicht gerade zur Ruhe gekommen bist, wird er sich bei dir melden, und das Ganze fängt wieder von vorne an. Das beste, was du meiner Meinung nach tun kannst, ist, den Brief wegzuwerfen und so zu tun, als wäre er nie gekommen. Chris hat es wirklich nicht verdient, daß du ihm antwortest."

„Jetzt laß mich einmal etwas dazu sagen", unterbrach ihn Mrs. Wright energisch. „Ich kann dich sehr gut verstehen, aber Kathy muß hinfahren. Sie muß die Möglichkeit haben zu erfahren, warum er sich so verhalten hat. Sonst wird sie das bis an ihr Lebensende verfolgen."

„Aber woher wollen wir wissen, daß er sie nicht wieder enttäuscht?" warf Mr. Wright ein.

Mrs. Wright antwortete ruhig: „Wir können sie nicht vor allem bewahren. Kathy, sag du uns, was du tun willst!"

„Du hast recht, Mama", antwortete sie. „Ich muß hinfahren und ihn wiedersehen. Und wenn ich ihm nur auf Wiedersehen sage."

Mr. Wright seufzte schwer und gab nach. „Also gut", sagte er. „Du kannst den Bus um sechs Uhr nehmen, und er soll dich um neun Uhr abholen. Du kommst mit dem Bus um halb zehn abends zurück. Ich werde auf dich warten. Ich möchte nicht, daß du über Nacht dort bleibst."

„Wenn irgend etwas dazwischenkommt", sagte ihre Mutter, „mußt du uns sofort anrufen."

„Es hat nichts dazwischenzukommen", erklärte ihr Vater streng.

„Macht euch keine Gedanken", beruhigte Kathy ihre Eltern. „Ich werde mit dem Bus um halb zehn zurückkommen." Sie konnte es kaum abwarten, Carol die Neuigkeit am nächsten Tag zu erzählen. „Wie findest du meine Antwort auf Chris' Brief?" fragte sie sie.

Lieber Chris,
ich nehme den Bus um 6 Uhr 55 und komme um 9 Uhr 30 an. Am Eingang des Busbahnhofs werde ich auf dich warten. Abends muß ich mit dem Bus um 9 Uhr 30 zurückfahren. Ich freue mich schon, dich zu sehen.
Gruß, Kathy.

„Was sagst du dazu?" fragte sie Carol noch einmal.
„Ganz schön kühl", antwortete Carol, „aber genau das hat er verdient. Das ist ja eine vornehme Adresse. Er muß steinreich sein. Ruf mich an, wenn du abends nach Haus kommst, egal, wie spät es ist."
Während der ganzen Woche war Kathy in der Schule genauso unkonzentriert wie in der Zeit, als Chris gerade zu ihnen gekommen war. Sie versuchte ihre Nervosität zu unterdrücken, aber sie fragte sich unentwegt, ob sie auch hübsch genug aussah. Obwohl er sie auch schon oft gesehen hatte, wenn sie schweißgebadet schwere Apfelsteigen trug, ihr Haar mit feuchten Händen aus dem Gesicht strich oder die ältesten Arbeitskleider trug, war sie dennoch unruhig.
Ihre Stimmung schwankte von einem Extrem ins andere. Manchmal fühlte sie sich wie im siebten Himmel, und dann war sie wieder ganz niedergedrückt. Zuweilen kam es ihr so absurd, so sinnlos und dumm vor, nach New York zu fahren. Vielleicht hatte ihr Vater ja doch recht, vielleicht war er doch der Klügste von allen. Aber wie sonst auch konnte ihre Mutter am besten verstehen, was in ihr vorging.
„Wie wär's, wenn wir mal wieder in die Stadt gingen?" fragte ihre Mutter eines Abends. „Ich glaube, du könntest wirklich ein paar neue Kleider gebrauchen. Nichts gibt einer Frau so viel

Selbstbewußtsein wie ein paar neue Sachen."
„Das können wir uns doch nicht leisten", widersprach Kathy, denn sie hatten immer noch mit dem schweren Verlust, der durch den Brand verursacht worden war, zu kämpfen.
„Das wird schon gehen", beruhigte sie ihre Mutter. „So hübsch wie du bist, werden dir neue Kleider doch guttun."
Sie aßen früh und fuhren dann in die Stadt, wo sie einen Blazer, eine Kordhose und einen Kordrock, neue Stiefel, eine Handtasche aus Kunstleder und einen grünen Rollkragenpullover kauften.
„Oh, Mama", sagte Kathy glücklich, als sie sich in dem großen Spiegel betrachtete. „Das werde ich nie vergessen."
„Ha, ha", höhnte Stephan, der auf sie und ihre Mutter gewartet hatte. „Nur so lange, bis du das nächste Mal wieder etwas haben willst."
Am Freitagnachmittag wusch sie sich das Haar, trug einen Haarfestiger auf und drehte es ein. Dann machte sie sich eine Gesichtsmaske und trug sich ungeschickt Nagellack auf ihre Finger- und Zehennägel auf.
„Ich weiß gar nicht, warum du so viel Aufhebens machst", wunderte sich Stephan. „Chris hat dich unzählige Male gesehen, als du unordentlich aussahst, und er sah immer wie ein ungemachtes Bett aus."
„Mach mich nicht noch nervöser, als ich schon bin", wies sie ihn zurecht.
„Ich verstehe nicht, warum du überhaupt nervös bist", sagte Stephan beharrlich. „Es ist doch nur Chris. Du kennst ihn doch. Soll ich vielleicht mitfahren?"
Sie zögerte einen kurzen Augenblick, schüttelte dann aber den Kopf. Sie wollte sich nicht hinter ihrem Bruder verstecken. „Das muß ich allein hinter mich bringen", schlug sie dankbar sein Angebot aus.
Am nächsten Morgen brachte Mr. Wright Kathy zum Bus. Sie hatte Chris' Medaille dabei, eine Tasche voll Äpfel für Chris,

einen Apfelkuchen und Karamelcreme für seine Mutter. Mrs. Wright hatte alles zusammen zu einem hübschen kleinen Paket verpackt. Kathy brauchte sich nicht zu überlegen, wie sie es am besten tragen würde, denn Chris sollte sie ja vom Bus abholen. In ihrer neuen Tasche hatte sie eine Rückfahrkarte und einen Zehn-Dollar-Schein, den ihr Vater ihr aufgedrängt hatte.
„Soviel brauche ich doch nicht", hatte sie ihm gesagt.
„Ich wäre den ganzen Tag unruhig", hatte er entgegnet, „wenn ich mir vorstelle, du läufst in New York herum und hast nicht genug Geld dabei." Sie drückte ihn fest an sich. Im Augenblick waren zehn Dollar für ihn so viel wert wie für andere Leute vielleicht hundert Dollar.
Der Himmel war grau, und der Winter stand vor der Tür. Die Luft war bitter kalt. Alle Oktober-Äpfel waren schon gepflückt. Die Cortland-Äpfel, die Roten und die Golden Delicious, die Rome Beauty-Äpfel und die Idared-Äpfel. Die letzten Northern Spy-Äpfel wurden gerade geerntet. Diese November-Äpfel mochte sie am liebsten. Sobald sie einen Platz gefunden hatte, nahm sie einen davon aus der Tasche und biß in das zarte Fruchtfleisch. Der Saft spritzte durch ihre Zähne, und der volle, herbe Geschmack breitete sich in ihrem ganzen Mund aus, zog in ihre Nase und machte ihr Mut. Sie war froh darüber, daß ihre Mutter ihr die Geschenke mitgegeben hatte. Vielleicht würde Chris' Mutter sich darüber freuen und sie freundlich empfangen.
Die Fahrt schien ewig zu dauern. Sie hatte zwei Taschenbücher mitgenommen, aber sie war viel zu aufgeregt, um lesen zu können. Alle möglichen Gedanken gingen ihr durch den Kopf. Vielleicht würde Chris gar nicht da sein. Oder sie würden sich gar nicht wiedererkennen. Der Bus könnte Verspätung haben, und er würde wieder nach Hause gehen, bevor sie ankam. Oder ihm würde auf dem Weg zum Bahnhof etwas passieren, und sie würde es nie erfahren. Sie schwitzte vor Aufregung und bedauerte, daß sie überhaupt losgefahren war. Im nächsten Moment

fragte sie sich aber auch wieder, ob sie auch hübsch genug aussehe. Schließlich schlief sie ein und wachte erst wieder auf, als die laute Stimme des Busfahrers durch den Lautsprecher dröhnte: „Hier Port Authority Terminal. Endstation.“
Mit ihrem Paket unter dem Arm ging sie durch die großen Glastüren, und im selben Moment erblickte sie Chris. Er sah so verändert aus, daß sie überrascht stehenblieb, ihr Paket auf den Boden sinken ließ und ihn nur erstaunt anstarrte.
Er eilte zu ihr hin, um sie zu begrüßen. Mit seinem wollenen Seemannspullover, seinen grauen Flanellhosen, einem blauen Hemd und blitzenden schwarzen Stiefeln war er ganz nach der letzten Mode gekleidet. Seiner schlanken Figur standen diese feinen Kleider ausgezeichnet, und Kathy war durch seine elegante Erscheinung ganz verschüchtert. Obwohl sie von Mode so gut wie nichts verstand, merkte sie, daß man ihre neuen Sachen aus dem Kaufhaus mit seiner exklusiven Kleidung überhaupt nicht vergleichen konnte. Aber bevor sie noch verschüchterter werden konnte, umarmte er sie liebevoll und drückte ihr einen Kuß auf die Wange.
„Ich kann noch gar nicht glauben, daß du hier bist“, sagte er glücklich. „Du siehst blendend aus. Ganz wunderbar. Lauter neue Sachen hast du. Bis zu dem Augenblick, als ich dich sah, habe ich gefürchtet, deine Eltern würden dich nicht herkommen lassen. Sie müssen wirklich böse mit mir sein, weil ich so ohne ein Wort verschwunden bin. Was schleppst du denn da alles mit?“ Er nahm das Paket hoch und ging mit ihr zum Ausgang.
„Erstens“, antwortete sie, „deine Medaille. Zweitens Äpfel für dich und einen Kuchen und Karamelcreme für deine Mutter.“
„Wie aufmerksam von euch“, staunte er. „Sag deiner Mutter vielen Dank dafür.“
Er ging voran, und Kathy folgte ihm die Rolltreppe hinauf vor den Busbahnhof, wo ein langer schwarzer Cadillac mit Chauffeur auf sie wartete. Der Chauffeur stieg aus, hielt ihnen die Tür

auf und schloß sie hinter ihnen, als sie auf die weichen Sitze sanken.
„Ist das dein Wagen und dein Chauffeur?“ fragte Kathy scheu.
„Nein, er gehört meiner Mutter“, antwortete er mit einer Grimasse. „Und das will noch nicht heißen, daß er auch mir gehört.“
Der Wagen fuhr an, und Chris schlang seinen Arm um sie, zog sie zu sich heran und küßte sie, wie er sie vor so vielen Monaten geküßt hatte, als sie beide sich so überschwenglich geliebt hatten.
„Nein“, sagte sie abwehrend und schob ihn weg.
„Ich weiß, du bist mir böse, weil ich dich verlassen habe. Du hast recht. Das kann ich dir nicht übelnehmen.“
„Böse bin ich dir nicht“, antwortete sie kühl, „ich bin nur vorsichtiger geworden. Ich möchte mich nicht wieder in dich verlieben, bis ich nicht verstanden habe, warum du uns so überstürzt verlassen hast, Chris. Ich möchte nicht, daß du mir noch einmal weh tust. Ich möchte, daß du mir alles erklärst.“
„Gut“, sagte er ruhig. „Nach dem Essen werde ich es dir erklären.“ Er rückte wieder auf seine Seite im Wagen und schwieg. Dann streckte er seine Hand aus, nahm ihre Hand in die seine und hielt sie sanft, bis sie ankamen. Sie zog sie nicht zurück. „Ich spüre gar keine Narben“, stellte sie fest.
„Ja, ich kann froh sein, daß meine Hände so gut geheilt sind“, antwortete er.
Der Wagen hielt vor einem großen Appartementhaus, der Chauffeur hielt ihnen wieder die Tür auf, und sie kamen in eine elegante Halle voller Spiegel und funkelnden, kristallenen Kronleuchtern. „Guten Morgen, Mr. Landers“, sagte der Portier. „Guten Morgen, Mr. Landers“, echote der Liftboy. „Guten Morgen, mein Fräulein.“
Es war ganz unmöglich, daß dieser elegante junge Mann, der respektvoll mit Mr. Landers angeredet wurde, derselbe war, den sie als Chris den Tramper mit der zerschlissenen Kleidung

kennengelernt hatte. Ebensowenig konnte sie sich vorstellen, daß gerade dieser junge Mann so begeistert von dem Essen ihrer Mutter, den Äpfeln und der Apfelzucht gewesen sein sollte. Alles war nur gelogen, dachte sie und verlor allen Mut.
Zu Recht hatte sie an seiner Aufrichtigkeit gezweifelt, denn vom ersten Tag an war alles nur ein romantisches Schauspiel gewesen. Während der ganzen Zeit hatte Chris sie zum Narren gehalten. Sie mußte daran denken, daß sie in Geschichte einmal gelernt hatten, daß sich die Aristokraten in Frankreich vor der Französischen Revolution gern als Schäfer und Schäferinnen ausgaben. Am liebsten wäre sie in diesem Augenblick davongelaufen. Chris brauchte ihr keine Erklärung für sein Verhalten zu geben. Er hatte ein Spiel gespielt, sich dabei wider Erwarten verletzt und war daraufhin weggegangen. Ihr schien das alles sehr logisch und einfach.
Er klingelte, und ein Hausmädchen in Schürze und Häubchen öffnete ihnen die Tür.
„Guten Morgen, Mr. Landers", sagte sie. „Guten Morgen, mein Fräulein."
Kathy stand im Eingang, und vor lauter Staunen verschlug es ihr fast den Atem. In Chris' Wohnung sah es so prächtig aus wie in einem Schloß. Allein das Eßzimmer war so groß wie das ganze Erdgeschoß in ihrem eigenen Haus, und eine ganze Seite des Appartements bestand nur aus riesigen Fenstern mit Blick auf den Central Park. Noch nie zuvor hatte sie sich so arm gefühlt und sich so sehr geschämt, so arm zu sein.
In diesem Augenblick kam eine große, blonde Dame hereingeeilt, die, wie Kathy dachte, einen dünnen Morgenrock aus Batist trug (später stellte sie fest, daß es ein Kaftankleid war). Sie sah so gepflegt und geschminkt aus, als wolle sie gerade ins Theater oder auf eine Party gehen, und sie hatte lange, ganz offensichtlich falsche Augenwimpern. Da ihre Mutter überhaupt kein Make-up benutzte und Kathy auch nur erlaubte, sich die Lippen zu schminken, starrte Kathy Mrs. Landers so fasziniert an, daß

sie sich augenblicklich schämte, als sie sich dessen bewußt wurde. Niemand würde auf die Idee kommen, daß diese Frau zwanzig Jahre älter war als Mrs. Wright.

„Freut mich, Sie kennenzulernen", sagte Mrs. Landers und streckte ihr eine weiße, manikürte Hand entgegen. Kathy bewunderte die vielen Ringe und die langen, perfekt gepflegten Fingernägel. Ihre Stimme klang träge und überheblich wie die ihres Sohnes.

„Ich habe Ihnen etwas mitgebracht", sagte Kathy. „Äpfel, einen Kuchen und eine Karamelcreme."

„Oh, danke", antwortete sie. „Gib sie Cora. Sie wird sie in die Küche bringen." Sie stolzierte ins Eßzimmer, und Kathy und Chris folgten ihr.

„Wir hätten auch im Frühstückszimmer essen können", sagte Chris' Mutter, „aber Chris meinte, dir würde der Blick auf den Park besonders gefallen."

Auf dem langen Tisch war nur für drei Personen gedeckt. Chris' Mutter saß an einem Ende, Chris an dem anderen und Kathy saß zwischen ihnen an der Längsseite. Auf ausgefallenen Sets standen feinstes Porzellan und wunderschöne Gläser. Bei jedem Gedeck lag eine schneeweiße Stoffserviette. Als Kathy ihr Glas hochhob, merkte sie, daß es viel schwerer war, als sie erwartet hätte. Das Hausmädchen kam mit einem Tablett mit frisch ausgepreßtem Orangensaft, einer ziselierten Glasschale mit Himbeeren und Sahne herein. Dann brachte Cora dampfend heißen Kaffee und Teigrollen, die man, wie Chris ihr erklärte, Croissants nannte. In der Aprikosenmarmelade waren große Aprikosenstücke. Es war die beste Marmelade, die Kathy je gegessen hatte.

Wenn sie daran dachte, daß Chris das Essen ihrer Mutter in den höchsten Tönen gelobt hatte, wurde sie puterrot vor Scham und Ärger. Wie konnte er nur so etwas sagen, wo er zu Hause doch so ein üppiges Leben führte? Sie bedauerte ihre Mutter, die sich in ihrer altmodischen Küche in abgetragenen Jeans über den

Herd beugte, und schämte sich für sie. Ihre Mutter hatte ein hartes Leben gehabt und sah abgearbeitet aus im Gegensatz zu dieser schönen Frau, die wie aus Marmor gemeißelt am Tischende saß.
„Wie war die Fahrt?“ fragte Chris' Mutter mit heiserer Stimme.
„Gut“, anwortete Kathy. Sie konnte ihr nicht in die Augen sehen.
„Es war wirklich nett von deinen Eltern, daß sie meinen ungehorsamen Sohn im letzten Sommer bei sich aufgenommen haben“, sagte sie.
Kathy starrte auf ihren Teller und wußte nicht, was sie sagen sollte. Sie erinnerte sich daran, wie sehr sie Chucks Einsilbigkeit gestört hatte, und nun konnte sie auch nicht die richtigen Worte finden. Sie fühlte sich besonders unwohl, weil sie in Chris' Gegenwart einen guten Eindruck machen wollte.
Das Hausmädchen kam wieder herein. „Möchten Sie lieber ein Omelett mit Pilzen oder Eier à la Benedict?“ fragte sie Kathy.
„Eier à la Benedict“, versuchte Kathy so bestimmt zu antworten, als ob sie genau wüßte, was das war. Aber so würde sie vielleicht erfahren können, wie Eier à la Benedict schmeckten.
Die drei saßen noch eine Weile am Tisch. Chris' Mutter trank ihren Kaffee in kleinen Schlucken aus einem zierlichen Täßchen und rauchte eine Zigarette. Es schien weiter keinen Gesprächsstoff mehr zu geben.
„Entschuldigt mich jetzt bitte“, sagte sie dann, „meine Masseurin wird gleich kommen.“
Chris stand auf und schob seiner Mutter den Stuhl zurecht.
„Freut mich, dich kennengelernt zu haben, Kathy“, verabschiedete sie sich und stolzierte hinaus. Kathy konnte sich nicht im entferntesten vorstellen, was eine Masseurin war.
„Deine Mutter sieht sehr gut aus“, sagte sie zu Chris.
„Kein Wunder“, antwortete er trocken. „Sie hat sich ihr Gesicht schon zweimal liften lassen.“
„Und auch ihre Fingernägel sind sehr hübsch.“

„Auch nicht echt", grinste Chris. Kathy wußte nicht, ob sie ihm glauben sollte oder nicht.
Das Hausmädchen brachte die Eier à la Benedict. Es waren harte, zerdrückte Eier auf kleinen Gebäckstücken mit einer Creme darüber. „Bitte läuten Sie, wenn Sie noch etwas wünschen, Mr. Chris", sagte sie.
„Deine Mutter mag mich wohl nicht", sagte Kathy zu Chris.
„Meine Mutter mag nur solche Leute, die ihr nützlich sein können. Das bist du nicht, und daher zählst du auch nicht."
„Meine Geschenke haben ihr auch nicht gefallen", sagte Kathy. „Es tut mir leid, daß ich sie überhaupt mitgebracht habe."
„Aber ich habe mich darüber gefreut", entgegnete Chris, „und ich mag deine Mutter sehr gern. Bedank dich bitte für mich bei ihr."
„Gehst du wieder in dieselbe Schule wie vorher?" fragte Kathy.
„Ja, aber das war gar nicht so einfach. Meine Mutter mußte dem Stiftungsfond der Schule eine ganz hübsche Summe spenden, und ich mußte jeden Nachmittag Nachhilfe bekommen, bis ich das Versäumte wieder nachgeholt hatte."
„Hast du den Anschluß geschafft?"
„Ja."
„Chris", sagte sie dann entschlossen und schob ihren Teller weg. „Erzähl mir jetzt bitte, warum du so ohne ein Wort zu sagen weggegangen bist. Wenn du es mir jetzt nicht sagst, möchte ich wieder nach Hause fahren. Es gefällt mir hier nicht."
„Ich kann dich verstehen", antwortete er. „Mir gefällt es hier auch nicht. Das habe ich dir früher schon gesagt."
„Ich habe dir das damals schon nicht geglaubt, und ich glaube es dir jetzt erst recht nicht. Ich glaube, du hast uns immer angelogen und uns etwas vorgemacht, weil wir ja die dummen Leute vom Land sind."
„Bitte, komm mit mir in mein Zimmer. Es ist noch zu früh, um ins Museum zu gehen. Ich verspreche dir, daß ich dir alles erzähle, wenn wir allein sind."

Mißmutig folgte sie ihm durch verkleidete breite Korridore bis zu einem Raum, der ganz in Braun- und Beigetönen gehalten war mit Einbauschränken, Bücherregalen, einer kompletten Stereoanlage und weißen Sofas vor einem Kamin.
Er legte etwas Holz nach und ließ sich neben ihr in eines der Sofas sinken.
„Also?" drängte sie.
„Gut, Kathy. Hast du dich eigentlich nie gefragt, warum ich die Medaille dagelassen habe?"
„Wahrscheinlich hat sie nicht mehr in deinen Rucksack gepaßt."
„Oh, Kathy!" rief er aus. „Deshalb ganz bestimmt nicht." Zu ihrer Überraschung standen ihm Tränen in den Augen. „Ich habe sie nicht mitgenommen, weil ich es war, der den Brand verursacht hat."
„Du, den Brand verursacht? Du hast ihn doch gelöscht und nicht verursacht."
„Doch, ich war schuld an dem Brand. Ich hatte seit dem frühen Morgen mit den Apfelpflückern zusammengearbeitet, und du weißt, was für eine Angst dein Vater vor Zigaretten hat. Aber ich war müde und unruhig und hatte keine Lust mehr, und so wollte ich eine rauchen. Ich glaubte, ich müsse unbedingt eine Zigarette haben, wollte aber auch keine Belehrungen über mich ergehen lassen. So ging ich ins Lagerhaus, wo mich niemand sehen konnte, und zündete mir eine Zigarette an. Als ich sie aufgeraucht hatte, warf ich den brennenden Stummel achtlos weg. Dann machte ich die Augen zu und döste ungefähr fünf Minuten vor mich hin. Als ich sie wieder öffnete, war das Feuer schon ausgebrochen und breitete sich in Windeseile aus. Während ich dastand und fassungslos zusah, loderten die Flammen immer höher. Ich wußte nicht, was ich tun sollte. Ich rannte hinüber ins Haus, und deine Mutter rief die Feuerwehr. Dann stürzte ich wieder zurück zum Lagerhaus und fühlte mich so elend, am liebsten wäre ich tot gewesen.

In knapp fünf Minuten war die Feuerwehr da, und da fiel mir plötzlich der Gastank ein. Dein Vater war auch da und sagte zu den Feuerwehrleuten, sie sollten ihn herausholen, aber sie glaubten, daß sie es nicht schaffen würden. So bin ich hineingelaufen und habe ihn herausgezogen. Ich hatte keine Zeit, mir Handschuhe zu besorgen, und habe mir deshalb die Hände verbrannt. Und weil sie gesehen haben, daß ich den Tank herausgeholt hatte, nannten mich dein Vater und die Feuerwehrleute gleich einen ‚Helden'."

Kathy rückte näher zu ihm hin und hielt seine Hand, während er seine schreckliche Geschichte zu Ende erzählte.

„Du kannst dir nicht vorstellen, wie furchtbar mir zumute war, Kathy. Die ganze Woche lang, als ich vor dem Fernseher lag, wollte ich am liebsten sterben. Es tat mir leid, daß ich nicht bei dem Brand umgekommen war. Du und deine Familie, ihr wart so gut zu mir wie kein anderer, netter als meine eigene Mutter, und ich habe euch ruiniert. Ich kam mir vor wie der letzte Heuchler. Ich wollte dir und den anderen alles gestehen, aber ich wußte nicht, wie ich es anfangen sollte. Zudem habe ich befürchtet, daß die Versicherung deinem Vater vielleicht nichts bezahlen würde, falls es herausgekommen wäre. Außerdem hatte ich Angst, ins Gefängnis zu kommen, auch wenn es keine vorsätzliche Brandstiftung, sondern nur ein Unglück war. Aber im Grunde war ich ja doch ein Brandstifter.

Tag und Nacht habe ich mir das Hirn zermartert, um eine Lösung zu finden, Kathy. Ich konnte nur schlafen, wenn ich ein Schlafmittel genommen hatte. Ich war wie ein Automat. Du kannst dir nicht vorstellen, was für eine Schuld ich auf mir lasten fühlte. Ich wäre gleich am nächsten Tag nach dem Brand weggegangen, aber ich fühlte mich noch zu schwach, um per Anhalter nach Hause zu fahren. Und dann kam die Party. Ich hatte nicht geahnt, daß deine Freunde mir diese Medaille schenken würden, und ich fühlte mich natürlich elender denn je. Und deshalb bin ich fortgegangen.

Ich dachte, daß es das beste wäre, wenn ich wieder hierherkäme und meine Mutter um Geld bitten würde. Ich wollte euch das alles in einem Brief erklären und einen Scheck mitschicken. Aber meine Mutter hat das strikt abgelehnt. Sie sagte, ich soll warten, bis ich achtzehn bin, und es mit dem Geld bezahlen, das mein Vater und meine Großmutter für mich angelegt haben. Ich flehte sie an, aber sie meinte, die Versicherung würde für den Schaden schon aufkommen, und wenn es stimmte, daß das Haus so feuergefährlich war, würde sie nicht einsehen, warum ich an dem Brand schuld sein sollte. Sie erklärte mir, daß sie mich zu einem Psychiater schicken würde, wenn ich nicht damit aufhören würde, mir Vorwürfe zu machen.
So ging ich wieder in die Schule und sprach dort mit unserem Vertrauenslehrer. Er überredete mich, euch zu schreiben, obwohl ich über das Geld erst in ein paar Monaten verfügen werde. Das ist alles, Kathy. Meinst du, daß du und deine Eltern mir jemals vergeben können?"
Tränen liefen ihr die Wangen hinunter. Sie stieß einen leisen Seufzer aus, nahm Chris liebevoll in die Arme und weinte mit ihm, ihr Gesicht an sein Gesicht geschmiegt, so daß sich ihre Tränen vermischten. Sie umarmten sich zärtlich, bis sie beide zu weinen aufhörten. „Komm", sagte er dann, „jetzt zeige ich dir meine Stadt New York."
Sie spazierten die Fifth Avenue hinunter und freuten sich an dem schönen Herbsttag. Im Metropolitan Museum sahen sie sich die Abteilung Ägyptische Kunst und eine Ausstellung mit russischen Gewändern an. Kathy staunte, wie schmal Kaiserin Katharinas Taille zur Zeit ihrer Hochzeit war und wieviel größer ihre Kleider später waren. Bevor sie das Museum verließen, nahm Chris sie mit in die Cafeteria neben dem Springbrunnen und bestellte zwei Capuccinos für sie, leckerer, dampfender Kaffee mit schaumiger Milch und mit etwas Zimt bestreut. Ohne Zucker war er etwas bitter, aber gesüßt schmeckte er phantastisch.

Sie hielten sich die ganze Zeit über fest an den Händen. Ihr Glück war noch von der Furcht und der Ungewißheit vor der Zukunft überschattet. „Und nun“, sagte Chris, „besuchen wir die Radio City Music Hall.“
Sie kamen in das schönste Kino, in dem Kathy je gewesen war, vielleicht sogar in das schönste auf der ganzen Welt, und Kathy war von der Vorstellung ganz begeistert.
Die Dämmerung war schon angebrochen, als sie wieder zu Chris nach Hause gingen. Das Hausmädchen öffnete ihnen. Chris' Mutter war gerade in der Bibliothek und telefonierte. Die Tür stand offen, und ihre rauhe Stimme war deutlich zu hören. „Du kannst dir gar nicht vorstellen“, hörte Kathy sie sagen, „was für ein fürchterliches Farmermädchen Chris heute nach Hause gebracht hat. Eine Plastikhandtasche und unmögliche Kleider. Wahrscheinlich haben sie sie aus irgendeinem billigen Versandhaus, oder weiß der Himmel, wo die Leute ihre Kleider kaufen. Als Geschenk brachte sie mir Karamelcreme mit. Du weißt ja, wie schwierig Chris ist. Er war schon immer ein bißchen komisch und aufsässig. Er legt es immer darauf an, mich zu ärgern. Wo es so nette Mädchen in seiner Schule und im Sportclub gibt, mußte er sich unbedingt dieses Mädchen angeln. Sie hat von nichts eine Ahnung, von rein gar nichts. Sozusagen ein unbeschriebenes Blatt. Er hat also eine Freundin gefunden. Er hätte mir genausogut eine von den kalifornischen Hippies heimbringen können, aber die hätten wenigstens Geld gehabt.“
Kathy sah Chris entsetzt an. Tränen traten ihr in die Augen. Das ganze Glück, das sie in den letzten Stunden mit ihm zusammen erlebt hatte, war wie weggeblasen. Wütend ging Chris in die Bibliothek, griff nach der Tür und knallte sie, so fest er konnte, zu. Dann nahm er Kathy bei der Hand, und sie ging mit ihm so folgsam und kleinlaut wie ein kleines Kind in sein Zimmer. Ganz verwirrt und gedemütigt setzte sie sich auf die Couch.
„Ich möchte jetzt sofort wieder nach Hause fahren“, sagte sie zu

Chris. „Ich werde einen früheren Bus nehmen. Wenn ich auf dem Fahrplan nachgesehen habe, werde ich meinen Vater anrufen."
„Gib mir noch fünf Minuten Zeit", bat er. Er legte eine Platte aus einem alten Film der Marx Brothers auf, um sie ein wenig aufzuheitern, und ging dann hinaus, um mit seiner Mutter zu reden. Kurze Zeit später kam er immer noch wütend wieder herein und sah wie der alte Chris aus. Mit Jeans, einer grünen Jacke und Cowboystiefeln. Seinen alten Rucksack hatte er auch dabei.
„Ich habe ihr gesagt, daß ich gehe", berichtete er. „Ruf deinen Vater an. Sag ihm bitte, daß ich mit dir zurückkommen möchte, wenn ich noch willkommen bin."
„Bist du sicher?" fragte sie. „Bist du dir darüber im klaren, was du tust?"
„Ja, ich bin ganz sicher", antwortete er.
Sie wählte, und ihr Vater nahm sofort ab. Sie teilte ihm mit, daß sie einen früheren Bus nehmen und daß sie Chris mitbringen würde.
„Ich weiß nicht", meinte ihr Vater zurückhaltend. „Willst du das wirklich, Kathy?"
„Ja, bitte, Papa."
„Also gut", willigte er ein. „Wenn du es so willst. Wir werden euch beiden etwas von dem Abendbrot aufheben."
Erleichtert legte Kathy den Hörer auf.
„Ich möchte nicht den Wagen meiner Mutter nehmen", sagte Chris und beachtete die Limousine nicht, die wartend vor dem Haus stand. Er bat den Portier, ein Taxi zu rufen, das sie zum Busbahnhof brachte. Nachdem Chris seine Fahrkarte gelöst hatte, gingen sie in das Restaurant und tranken Kaffee, bis der Bus abfuhr.
„Ich möchte mich für das, was meine Mutter von dir gesagt hat, entschuldigen", wandte er sich an Kathy. „Keiner, der auch nur ein bißchen Herz hat, würde dir weh tun wollen."

„Sie kann mir nicht weh tun", antwortete Kathy tapfer, „solange du mich liebst."
„Ich liebe dich", flüsterte er, „und ich werde dich nie wieder verlassen."

Sie saßen ganz dicht nebeneinander im Bus, sein Arm lag um ihre Schulter.
„Jetzt kommt das Schwerste, was ich je tun mußte", sagte er.
„Ich glaube, es wird nicht so schwer sein wie das, was du schon durchgemacht hast", erwiderte Kathy. „Es wird dir leichter werden, wenn du darüber gesprochen hast."
Als der Bus sich ihrer Haltestelle näherte, entdeckte Kathy sofort ihren Vater, der geduldig auf sie wartete.
„Schau, wie klar die Nacht ist, Chris", frohlockte sie. „Man kann die Sterne ganz deutlich sehen." Es war Vollmond, und die Luft war frisch und belebend.
„Und hier kann man auch gut atmen", fügte Chris hinzu. „Hallo, Mr. Wright", Chris schüttelte Kathys Vater kräftig die Hand. „Danke, daß ich wieder kommen durfte. Ich möchte Ihnen erklären..."
„Später", unterbrach ihn Mr. Wright. „Jetzt wollen wir erst einmal nach Hause fahren. Mutter hat das Abendessen für euch beide warm gehalten."
Stephan hatte im Auto gewartet und sprang vor Freude von einem Bein auf das andere, als er Chris erblickte.
„Bleibst du jetzt für immer bei uns?" fragte er.
„Wenn deine Eltern es mir erlauben", antwortete Chris.
„Weißt du, Chris, in der Schule lesen wir gerade ein Buch über den Aberglauben, und es gibt sehr viele abergläubische Vorstellungen über Äpfel. Zum Beispiel diese: Wenn es dir gelingt, einen sauren Apfel zu essen, ohne das Gesicht zu verziehen, wirst du den Menschen bekommen, den du liebst."
„Das muß ich einmal versuchen", sagte Chris und lächelte Kathy an.

„Und noch eine", sagte Stephan. „Wenn es dir gelingt, einen Apfel in zwei gleiche Hälften zu zerbrechen, wirst du den Lebensgefährten bekommen, den du dir wünschst."
„Das muß ich auch einmal ausprobieren", lachte Chris.
Als sie ankamen, blieb Kathy einen Augenblick lang vor dem Haus stehen und beobachtete ihre Mutter durch das Fenster. Wie immer stand sie da und arbeitete vor dem Herd. Ihr Haar hatte sie hinten zu einem Knoten zusammengebunden, und überall waren kleine Locken herausgerutscht. Sie war nicht geschminkt und sah sehr gemütlich aus, wenn auch nicht jung und schön wie Chris' Mutter. Kathy spürte plötzlich eine so starke Liebe zu ihr, daß sie schnell in die Küche lief und sie umarmte.
Ihre Mutter gab ihr einen Kuß und stieß einen kleinen Freudenschrei aus, als sie Chris sah. „Ich habe mich so gefreut, als ich hörte, daß Kathy dich wieder mitbringt. Wie schön, daß du wieder da bist. Wirst du hierbleiben?" Sie ging zu ihm hin, umarmte ihn und gab ihm einen Kuß.
„Wenn Sie mich noch haben wollen", sagte Chris ernst. „Ich muß mit Ihnen beiden sprechen."
„Iß erst einmal", forderte ihn Mrs. Wright auf, „wir können uns dann beim Kaffeetrinken unterhalten."
Die Tischdecke war alt, in den Vorhängen waren ein paar Löcher, der Linoleumboden war an manchen Stellen schon ganz blankgeschrubbt, und Mrs. Wright schwitzte vor dem Herd beim Kochen. Ihr Geschirr war einfach und die Servietten aus Papier. Mrs. Wright schnitt den warmen Schinken in dünne Streifen, teilte Bohnen und Kartoffelpüree aus, reichte ihnen das kalte Rotkraut dazu und setzte sich dann zu ihnen an den Tisch. Schließlich waren sie mit dem Essen fertig. Kathy schenkte ihnen allen Kaffee ein, Stephan trank noch ein Glas Apfelsaft, und seine Eltern sahen Chris erwartungsvoll an. Ohne um ihr Mitleid oder um Entschuldigung zu bitten, erzählte Chris ihnen nüchtern, wie das Feuer wirklich ausgebrochen war.

Als er geendet hatte, sah er sie furchtsam an, bereit, im nächsten Augenblick die Flucht zu ergreifen.
„Du armer Junge", bedauerte ihn Mrs. Wright. „Mit was für einer furchtbaren Last mußtest du so lange Zeit leben." Sie ging zu ihm hinüber und nahm ihn in die Arme.
„Glauben Sie mir, daß ich den Schaden wiedergutmachen werde, wenn ich achtzehn bin und mein Geld bekomme?" fragte Chris Mr. Wright.
„Ja", antwortete Mr. Wright, „wenn wir es dann noch brauchen. Wir werden zu gegebener Zeit noch einmal darüber sprechen. Aber wenn du hierbleiben willst, Chris, müssen einige Dinge anders werden. Du kannst nicht länger über der Garage wohnen. Das Zimmer ist zu kalt. Du wirst in Stephans Zimmer umziehen."
„Prima", freute sich Stephan.
„Und du mußt mit Kathy zur Schule gehen", fuhr Mr. Wright fort. „Bist du damit einverstanden?"
„Ja", antwortete Chris, „wenn Sie es so wünschen."
„Und, Chris", fügte Mr. Wright hinzu. „Es wäre mir lieb, wenn du niemandem außerhalb unserer Familie die Wahrheit über den Brand erzähltest. Es wird viel leichter für dich sein, dich hier in der Gemeinde einzuleben, und für die Leute hier ist es leichter, dich zu akzeptieren, wenn alle in dem Glauben bleiben, daß du ein Held bist."
„Danke", antwortete Chris schlicht.
„He, Kathy", unterbrach Stephan ihre Träumereien. „Was wünschst du dir zu Weihnachten? Sag!"
„Was ich mir zu Weihnachten wünsche?" wiederholte sie und sah in die Runde. „Was ich mir zu Weihnachten wünsche", sagte sie noch einmal. „Genau das, was ich gerade habe."
Stephan holte das Scrabble-Spiel heraus, und sie saßen auf dem Boden und spielten, bis es Zeit für den Spätfilm war. Kathy fühlte sich so zufrieden wie noch nie zuvor. Sie hatte wirklich großes Glück. Glück, solche guten Eltern, Stephan und Chris zu

haben. Glück, daß Chris zurückgekommen war. Sie wußte nicht, was die Zukunft bringen würde. Vielleicht würden sie sich wie ihre Eltern immer weiter lieben, aber vielleicht würden sie sich auch auseinanderleben, wenn sie aufs College gingen. Vielleicht könnten sie sogar auf dasselbe College gehen. Vielleicht würden sie beide ihr ganzes Leben in den Apfelplantagen verbringen. Irgendwo hatte sie einmal gelesen: „Das Schicksal des Menschen wird durch seinen Charakter bestimmt." Sie sah vom Spiel auf, hinüber zu ihren Eltern. Ihr Charakter prägte auch das Schicksal ihrer Kinder. Sie wußte nicht, was vor ihr lag. Aber sie war sicher, daß das, was auch immer kommen mochte, gut und richtig für sie alle sein würde.

© 1984 by Franz Schneider Verlag GmbH & Co. KG
München–Wien–Zürich–Hollywood/Fla. USA
Titel der amerikanischen Originalausgabe
ONE DAY YOU'LL GO
© 1981 by Sheila Schwartz
erschienen bei Scholastic Book Services, New York, N.Y.
Übersetzung Antje Berliner
Titelfoto Laenderpress, Düsseldorf
ISBN 3-505-08563-4
Bestellnummer 8563